畠中 恵

新潮社

なぞとき

なぞとき✣目次

なぞとき

なぞとき

1

「きゅんげーっ」

江戸は通町《とおりちょう》にある長崎屋《ながさきや》の離《はな》れに、鳴家《やなり》の、悲鳴のような声が響いた。

小鬼《こおに》が、半泣きの顔で部屋へ駆《か》け込んできたので、若だんなはまず拾い上げ、懐《ふところ》に入れてみる。それで小鬼は鳴かなくなったものの、若だんなは次に、目を大きく見開く事になった。

小鬼の後から、現れてきた手代《てだい》の佐助《さすけ》が、何と、頭から血を流していたからだ。その上、頬《ほほ》や額《ひたい》に、熊の爪にでもやられたかのような傷が、幾《いく》つも出来ていた。

「えっ、どうして……」

だが佐助は人ならぬ者であり、その本性は、弘法大師《こうぼうだいし》が描いた犬神《いぬがみ》であった。若だんなは、兄《にい》やである佐助が血にまみれるなど、考えたこともなくて、思わず離れで狼狽《うろた》えてしまった。

すると、部屋の長火鉢《ながひばち》の横で、長崎屋に巣くっている妖《あやかし》達までが、気合い入りで騒《さわ》ぎ始めた。小鬼達など、声を上げ駆け回る。

「きょべーっ、血っ。佐助さんの顔っ、血だらけ。怖《こわ》い、怖いっ」

「佐助さんがやられるなんて。悪鬼《あっき》の大軍がやってきたんだわっ」

付喪神《つくもがみ》の鈴彦姫《すずひこひめ》は、飴湯《あめゆ》を作っていた木匙《きさじ》を手に、固まってしまう。

しかし佐助は落ち着いており、昼餉《ひるげ》はうどんで良いかと、血まみれの姿のまま、若だんなへ聞いてくる。若だんなは大きく息を吸ってから、まず佐助を離れの内に入れ、座って貰《もら》うことにした。

「佐助、うどんの事より先に手当をさせて」

「おや、そう言えば怪我《けが》をしてましたっけ」

事情は後で聞くからと言い、若だんなは自分用の傷薬を、長火鉢の小引き出しから取り出すと、兄やの傷に塗《ぬ》り始めた。血を拭《ふ》き取ると、爪でえぐられたのか、並んだ傷が目に入る。

途端《とたん》、無双《むそう》の者だと信じていた佐助が、降参の声を上げた。

「若だんな、えらく染《し》みますね、その塗り薬」

「仁吉《にきち》が作った、私用《わたしよう》の薬だよ。妖には少し薄いかな」

「いえ、十分と言いましょうか、こんなに強烈な薬をこしらえるなんて、仁吉は何考えてるんだと言いましょうか」

顔を顰《しか》めつつも、いつものように話してきたので、血だらけでも佐助は、大丈夫に違いない。若だんなはほっとして、目に付いた怪我に薬を塗っていった。

「いやその……若だんな、もう大丈夫ですから」

「佐助が、こんな怪我をするなんて。一体、何があったの？」

まさかとも思うが、江戸のど真ん中に、熊でも現れたのだろうか。すると若だんなの言葉に、あちこちから返事が返ってきた。

「熊？　蝦夷地《えぞち》にいるっていう、大きな大きな熊でも出たのかい？」

「熊と同じくらいある、大猪《おおいのしし》かも」

不安な顔をした妖達が、ぞろぞろと離れへ現れてきたのだ。兄や達や、家を軋《きし》ませる鳴家や、鈴彦姫以外にも、長崎屋には前々から、山ほどの妖達が集《つど》って、日々好きに暮らしていた。

若だんなは、いつもの面々に向け、首を横に振る。

「いや、熊を相手にしたからって、佐助が負けたり、大怪我をするなんて、考えられないよ。佐助、この怪我、一体どうして出来たの？」

若だんながようよう当人へ問《と》うと、佐助はあっさり訳《わけ》を告《つ》げてきた。

「この怪我は、表で小鬼に付けられたんですよ。屋根から落ちてきたんです」

「へっ？　小鬼が佐助さんを、血だらけにしたって？」

妙《みょう》な声を出したのは、薬種問屋《やくしゅどんや》長崎屋で働いている付喪神、屛風《びょうぶ》のぞきだ。近くにいた鳴家の一匹を捕《つか》まえ、眼前にぶら下げたが、小鬼はじたばたと手足を振るばかりで、屛風のぞきの手から逃れる事すら出来ない。

「この鳴家が佐助さんを、襲ったのか？　何と言うか、変というか、余《あま》りにも奇妙だ」

「きょんげ？」

小鬼は直《す》ぐ、逃れようとするのにも飽《あ》きたようで、屛風のぞきに摑《つか》まれたまま、眠り始めた。妖達は、もっと細かい事情を問うべく、佐助を取り囲もうとする。

だが、廻船問屋長崎屋の手代である佐助は、いつも忙《いそが》しい。間《ま》の悪い事に、店表《たなおもて》から奉公人《ほうこうにん》の金次《きんじ》が呼びに来たので、昼餉は多めに届けると言い置き、佐助は廻船問屋へ戻ってしまった。

だが金次は奉公人なのに、そのまま店へ戻る事無く、離れへ入る。そして己《おのれ》の茶をもらうと、堂々と怠《なま》け始めた。

「なんだい、おしろさん。働かなくて良いのかって？　あたしや屛風のぞきの一番の勤《つと》めは、離れで若だんなの相手をすることだから、大丈夫さ」

廻船問屋には今日、貧乏《びんぼう》にしてやりたいような相手も来ていないしと、貧乏神《びんぼうがみ》は恥《は》じる事なく猫又《ねこまた》へ言っている。

二人の兄やと、屛風のぞきや貧乏神金次は、妖ながら何故《なぜ》だか、長崎屋の店で働いているのだ。貧乏神が店先で商《あきな》いをしている事は、若だんなと妖しか知らない、お江戸の大きな秘密であった。

おしろはここで、二股になった尻尾《しっぽ》を振りつつ、他の皆にも茶を配った。

「若だんな、もう一杯、熱いお茶をどうぞ。そういえば屛風のぞきさんも、薬種問屋から来たと思ったら、離れでくつろいでいますよね」

「そりゃ、付喪神たるあたしの居場所は、本体の屛風がある、この離れだからね」

奉公はくたびれるから、時々は怠けねばと言いつつ、屛風のぞきは茶を飲んでいる。小鬼達も大きな皿に顔を突《つ》っ込み、茶を飲んでいるのを見て、わざとらしくも首を傾《かし》げた。

「あのさぁ、今頃言うのもなんだけど。この小鬼が何匹いても、佐助さんを血だらけにするのは、無理ってもんだよ。佐助さんは何だって、小鬼にやられたなんて冗談を言ったんだろ」

付喪神の言葉に、皆が頷《うなず》く。若だんなは、まず真《ま》っ当《とう》に兄やを案《あん》じた。

「佐助は強い。だから、私に心配をかけまいと、無理をしたのかしら」

余程《よほど》の強敵が現れたのではと、心配しているのだ。

だが妖達は、大して兄やを案じはしなかった。悪夢を食べる獏《ばく》、場久《ばきゅう》が、分かりやすく気持ちを告げてくる。

「若だんな、大丈夫ですよ。佐助さんが本当に、とんでもない力と戦って困ったなら、長崎屋の暮らしを守る為《ため》、無茶をしたでしょう。なら江戸はとうに、半分ほど壊れてます」

しかし今朝方《けさがた》場久が、一軒家から離れに来た時、お江戸の町はまだ、いつもの様子であった。

「つまり佐助さんは、まだ暴れてません。佐助さんが怪我をした訳は、謎《なぞ》のままですね」

すると、場久の考えを聞いた鈴彦姫が、おしろを見つめた。

「怪我人はいるのに、どんな争《あらそ》い事があったか分からないなんて、不思議な話ですね。ちょっと、どきどきしてきます。佐助さんを襲った相手って、誰なんでしょう」

「確《たし》かに、そそられる謎だわ」

「きゅい、小鬼はわくわく」

鈴彦姫とおしろ、小鬼だけでなく、金次、屏風のぞき、場久までが、目を煌《きら》めかせ始めた。金次が明るい声で言う。

「あたしは、どきどきしてきたよ。何かこう……先《せん》だって大店《おおだな》を一つ、左前《ひだりまえ》にした時のようだ」

金次は、心躍《おど》る決戦をしていたのだ。

「店を一代で大きくしたと、威張《いば》ってばかりの主《あるじ》がいてね。そんな風だから、この貧乏神が目を付けたのさ」

金次によると、その店は、潰《つぶ》れはしなかったという。ただ。

「大店からの婿入《むこい》りの話が、吹っ飛んだな。佐助さんがらみの勝負も、あの件みたいに、楽しめるといいねえ」

「きゅい、きゅい」

ここでおしろが、首を傾げた。

「楽しむって、何をするんですか？　佐助さんは一度、怪我をした訳を、小鬼にやられたと言ってます。その言葉を変えるとも思えませんが」

するとここで場久が、賭《か》けをしないかと言い出した。皆で、佐助が怪我をした本当の事情を突き止め、一番早く知った者が勝者となるのだ。

離れにいた皆の目が、大いに煌めいた。

2

「場久が、賭け事をしたいと言い出すなんて、珍しいね。どうしたの？」

若だんなが笑いながら問うと、場久は身を乗り出し、話し出した。

「実は、切実《せつじつ》な問題が起きましてて。寒い季節になってきたので、怪談が得意のあたしに、寄席《よせ》から、お呼びが掛《か》からなくなったんですよ。今、寄席では戦記ものの語りが、流行なんだそうです」

やはり怪談は、夏の夜が受けるらしい。屛風のぞきが、片眉《かたまゆ》を引き上げた。

「寄席と、佐助さんの件の賭け、どう繫《つな》がるんだ？」

「今回の賭け事では、佐助さんの、怪我の事情を突き止めた者が勝者です。勝者は一つ、望みを叶《かな》えて貰うという事で、どうでしょう」

もし場久が正しい答えを突き止めたら、ご褒美《ほうび》として、場久の為に寄席を借り切って欲しいと、悪夢を食べる妖は言い出した。

「冬に語る怪談づくしの寄席。そういう引き札を出して、三日間くらい、思う存分《ぞんぶん》怪談を語りたいんです」

場久は悪夢を食べるから、身の内に悪い夢が溜《た》まってゆくらしい。それを語って表へ出し、客達が楽しんでくれることで、また悪夢を食べる力としているのだ。

若だんなは頷いた後、場久ならまたすぐ、寄席から声が掛かると口にした。

「私は戦記ものより、場久のお話の方が、面白いと思うけどな」

「若だんな、嬉《うれ》しいお言葉ですっ」

場久は涙ぐんだし、褒美は嬉しいと皆は言ったものの、寄席を借り切るとなると、金が要《い》る。

さてどうすると皆が顔を見合わせたので、若だんなが笑って、長火鉢にある小引き出しを開けた。するとそこには、寝付いたので使う間の無かった先月分の小遣《こづか》いと、風邪《かぜ》を引いたので表へ行けず、大いに余った先々月分と、饅頭《まんじゅう》しか買えなかったその前の月分の小遣いが、しっかり入っていた。

「これだけあれば、寄席を借り切ることが、出来ると思うよ。なぁに？　ああ小鬼は、お菓子《かし》をたっくさん買う方が良いんだね」

それも良いねと若だんなが笑うと、皆がそれぞれの望みを、並べてくる。

「おしろは、三味線《しゃみせん》のおさらい会を開きたいです。お弟子《でし》さん達から、開いてくれとせっつかれてますので」

鈴彦姫は、神社に奉納《ほうのう》してある、自分の本体の鈴を、磨《みが》いて欲しいと言ってきた。

「鈴がぴかぴかになったら、綺麗《きれい》になったと、若だんなが褒《ほ》めて下さると思います」

「ひゃひゃっ、この金次は、三、四人、貧乏にしてもいい、大店の店主を紹介して欲しいね。あん？　そういうのは、金で何とか出来ないから困るって？　そういうもんなのかい？」

「きゅい、団子《だんご》、お饅頭、加須底羅《かすていら》、羊羹《ようかん》、辛あられ、金平糖《こんぺいとう》」

一番困った様子なのは、屏風のぞきであった。

「みんな、どうして直ぐに、望みがでてくるんだい？　参ったな。あたしは三日くらい、この離れで寝ていたいかな。そいつは駄目《だめ》なのか？　いつも、やってるだろうって？」

すると屏風のぞきよりも先に、離れで別の望みが語られた。

「あれ、皆さんでやりたい事を話してるんですか。この火幻《かげん》も、加えて下さいよ」

顔を出してきたのは妖医者の火幻で、医者が板についてきたからか、口調が落ちついてきている。薬種問屋へ薬草を買いに来たついでに、離れへ回って来たのだ。遠慮《えんりょ》も無く若だんなの額に手を当て、次は喉《のど》を診《み》た後、大いにほっとした顔になった。

「久方《ひさかた》ぶりに、調子の良い日が続いてますね。この調子を続ける為に、たっぷり寝て、沢山《たくさん》食べて下さい」

「きゅい、きゅわ、食べる」

若だんながにこりと笑うと、横で場久が、佐助の怪我のことで、妖らが賭けをしていると、火幻へ説明をする。

「へえっ、佐助さんが怪我をしたんですか。異人《いじん》が大砲《おおづつ》でも撃《う》ってきたのかな？　後で、怪我を診ておかなきゃ」

だが、怪我の事情を一番に突き止めた者が、今回の賭けの勝者になると言われると、火幻は一寸戸惑《ちょっととまど》った。そしてじき、自分が勝った場合、二階屋《にかいや》に住み着いている西の妖達が、上手《うま》く飯を炊《た》けるようになって欲しいと、望みを語った。

「以津真天《いつまで》が、飯を炊くことが多いんです。けどいつも、お焦《こ》げだらけになりまして」

人魂《ひとだま》や木魚達磨《もくぎょだるま》が手を出すと、粥《かゆ》のようになる。一番困るのは大和《やまと》の鬼、元興寺《がごぜ》で、二階屋の小鬼と楽しく飯炊きをするが、気合い入りの黒焦げを作り、その日は食べられないのだそうだ。

ただ火幻は、直ぐに眉尻《まゆじり》を下げる事になった。

「えっ？　金で何とか出来る望みでなきゃ、駄目なんですか？　難しいですね」

ならば若だんなは何をしたいのかと、火幻が問う。恐ろしく甘い甘い甘い親を持っているおかげで、必要な物は買って貰える若だんなも、部屋内を見回し返答に困っていた。

「寒い思いはしてないし、飢《う》えてもいないものねえ。皆と、長火鉢の側《そば》でお喋《しゃべ》りをしてるから、毎日楽しいし」

すると、若だんなへの褒美を語ったのは、屛風のぞきであった。

「そんなもん、決まってるわな。若だんなはやりたい事、沢山《たくさん》あるじゃないか」

たとえば朝一番から、舞台が終わる暮《く》れ六《む》つ時まで芝居小屋《しばいごや》にいて、好きなだけ芝居を見るとか、だ。

「そんな事がしたいって言ったら、兄やさん達や旦那様達《だんなさまたち》が、大騒ぎだからね」

疲《つか》れて倒れかねないと心配し、反対するに違いないのだ。おしろが笑って続ける。

「雪が積もった日に川船《かわぶね》を出して、深川辺《ふかがわあた》りで雪見をするとか、やりたくないですか？　あの辺は堀川が多くて、他とは別の雪景色で、素敵です」

「やりたいっ」

若だんなは、目を輝かせる。凍《こご》え死ぬから駄目だと、許しが出た事がなかった。

「海で泳いだ事も、ないですよね。場久は泳げますから、教えますよ」

しかし泳ぎに行ったら、溺《おぼ》れるに違いないと、母のおたえが泣き出しそうであった。

「でも、一回くらい泳いでみたい」

この世には、やってみたいが、まだ若だんなが関わった事も無いことが、山とあったのだ。若だんなは嬉しげな顔になると、自分も賭けに加わると言い、妖達に目を向ける。

「もし私が勝ったら、兄やと親を説得するのに力を貸してね。お金は大丈夫だから」

「きゅいきゅい」

離れの妖達は厳《おごそ》かな顔になって、頑張《がんば》ると言ってくれる。

「きゅんげーっ、始まり、始まり」

長崎屋の離れで、賭け事が始まった。

3

妖達は、どこで何をすべきか、まだ分からないと言いつつ、外へ歩み出してゆく。ただ部屋から出た所で、おしろが振り返った。

「あの、若だんな。あたし達はこの賭け事に、わくわくしてますけど。佐助さんを賭けに使って、大丈夫でしょうか」

若だんなが後で困りませんかと、猫又は気を遣ってくる。慌《あわ》てて足を止め、離れの内へ目を向けてきた妖達に、若だんなはほんわり笑いかけた。

「あのさ、私達は佐助の怪我の件で、賭け事をした。それは、あれしきの事なら、佐助は大丈夫だって分かってるからだと思う」

もし佐助が本当に危《あや》うい程、誰かにやられたとしたら。長崎屋の妖達は、お楽しみなど考えない筈《はず》なのだ。

「その時は、仁吉やおっかさん、いや、遠くに居《い》るおばあ様まで巻き込んで、佐助の味方になるよ。そして、大坂の陣以来の合戦《かっせん》支度《じたく》を、すると思う」

佐助とて、己が本当に危ういと分かったら、強がってなどおらず、この先いかに動くかを、若だんな達に相談してきた筈なのだ。

「佐助には、見栄《みえ》を張らない強さがあるから」

つまりだ。若だんなは楽しげに言った。

「佐助が何も言わないんなら、心配する事はないと思う。だから私達は、この賭け事、楽しくやり遂《と》げよう」

「ああ、楽しんで大丈夫なんですか。ではうふふ、思い切りやってみます」

あたしはお弟子さん達と、おさらい会をやりたいからと言うと、おしろはさっと猫又の姿になり、屋根へと飛び上がって消える。

「あら、先に行かれてしまいました」

鈴彦姫も、外廊下《そとろうか》からふわりと浮《う》き上がると、不意《ふい》にその姿を消した。

「きゅい？　きゅわ？　おしろ、鈴彦姫、いないよ」

「おしろ達、張り切ってるな。あたし達も表へ……行けないじゃないか。この屏風のぞきには、薬種問屋の仕事が待ってるぞ。金次なんか、いつまで離れにいるのかって、そろそろ佐助さんが呼びに来そうな気がする」

「ひゃひゃっ、そうかね」

貧乏神は外廊下で楽しげに笑うと、自分と屏風のぞきは働きつつ、まずは勝った時のご褒美を何にするか、それを考えても良かろうと言ったのだ。

「お互《たが》い、まだ決まってなかろ」

「そういえば、そうだったね。難しいよなぁ」

屏風のぞきは頭を掻《か》きつつ、薬種問屋へと去ってゆく。一方貧乏神金次は、小鬼達と若だんなを見ると、困ったような顔になった。

「何で皆、金で何とかなることを、ちゃんと選べるんだろうね。あたしには、そりゃ難しい事なのに」

「金次、私のご褒美は、皆に兄やと両親を説得してもらわないと、叶いそうもないんだ。つまり金次も、皆の力添《ちからぞ》えが欲しい事を願って良いんだよ」

ただ長崎屋の妖達の力で、何とかなる事でないと、皆が困ってしまう。

「だから、ご褒美は、ちゃんと叶えられるものにしてね」

「ああ、祟《たた》れる相手が欲しいと言っても駄目だったのは、離れの皆が困るからか」

金次は頷くと、選び方が分かったのは嬉しいと言い、廻船問屋の方へ去る。若だんなは小鬼へ目を向け、自分達も頑張ろうと言ってみた。

するとだ。

「きゅい、小鬼は立派《りっぱ》。だから、若だんなに力、貸す」

わらわらと、沢山の小鬼が長火鉢の側へ集まって来ると、揃《そろ》って頷いている。若だんなはにこりと笑い、一匹を膝《ひざ》に抱いた。

「そうすると、鳴家達は佐助の謎を解《と》く間が無くなるから、ご褒美を貰えないよ。いいの?」

「お菓子、若だんなが買ってくれる。いつもそう。だから、いい」

「なるほど、そうか」

若だんなは、先の事を考えてみた。

もし、おしろが勝ったら、弟子達と三味線のおさらい会を開く事になる。場久が勝てば、寄席へ噺《はなし》を聞きに行く。そして鈴彦姫の鈴を磨きに神社へ行くとしても、若だんなが雪見に行っても、変わらないことがあった。

「誰が勝っても、その時はお菓子を沢山、持って行く事になりそうだね」

つまり小鬼の望みは誰よりも、叶いそうなのだ。真の勝者は鳴家かも知れないと言い、若だんなは笑った。

「なら私は、小鬼達の力を借りるとしようか」

「きゅんいーっ、鳴家、強いーっ」

鳴家がいれば、若だんなが一番だと言い、小鬼達は胸を張る。そして直ぐに答えを摑んで来ると言い、離れから出て行こうとしたので、若だんなは驚いた。

「鳴家や、どこへ行くつもりなの？　どうやったら、答えを摑めるか分かってるの？」

「きゅいっ」

三匹が立ち止まり、母屋《おもや》へ小さな手を向けた。

「佐助さん、怪我した。佐助さん、誰の仕業《しわざ》か知ってる」

だから佐助に聞いてくると言い、小鬼達は屋根裏へ登っていったのだ。若だんなは、しばし呆《ぼう》然《ぜん》と、小鬼達が消えた外廊下を見つめた後、一人つぶやいた。

「鳴家や、佐助は誰にやられたか、もう皆へ話してるよ。やったの、鳴家だって言ってたんだ」

だが若だんなは、当の鳴家がもう一度問うてみるのも、面白いかもとつぶやいた。どう考えても、小鬼達が強い佐助をやっつけたとは、思えないからだ。

「鳴家が真正面から問うたら、佐助はどう答えるかしら。後で聞いてみよう」

小鬼が戻るまでの間、己は何が出来るか。若だんなは長火鉢に手をかざしつつ、ゆっくりと考え始めた。

そして。

小鬼達が天井裏《てんじょうら》伝いに廻船問屋へ行くと、佐助は店表にはおらず、奥のひと間で、火幻に手当をされていた。

「火幻先生、若だんなが傷薬を塗って下さってます。もう手当は要りませんよ」

「若だんなが持ってる仁吉さんの傷薬が、良く効くのは知ってます。でもね」

若だんなが手当をしたのは、怪我が見えている所だけだ。

「着物が裂《さ》けてますから、他にもあちこち怪我をしてますよね。ほれ、早く着物を脱《ぬ》いで下さい」

子供みたいに、染みる薬を嫌《いや》がっては駄目だと、火幻は遠慮無く話している。そして佐助の肩に、大きな傷跡《きずあと》を見つけると、どうしてこんな事になったのかと、さらりと問い、その後苦笑を浮かべた。

「うーん、佐助さんから教えてもらって、事が解決したら、駄目なのかな？」

すると佐助は隠す様子もなく、あっさりと返答をした。

「小鬼が上から落ちて来たんです。その時、怪我してしまった」

「小鬼かぁ……佐助さんはその答えで、押し通すつもりなんですね。これ以上聞いても駄目か」

「押し通す？　何ですか、その言い方」

「きゅんげ？」

火幻がここで、あの小さな鳴家達には、鋭《するど》い爪でもあったのかと、真面目《まじめ》に問うてきた。

「きゅい、ない。怖い爪、ない」

小さな姿が何匹も揃って、部屋の天井裏で、首を横に振った。だが母屋にも、鳴家は沢山いる。下にいる火幻と佐助はここで、その軋むような声を気にする事もなく、手当を続けていった。

4

おしろは今回、鈴彦姫と組む事になった。

是非《ぜひ》、三味線のおさらい会を開きたいと思ったので、寝起きをしている一軒家へ鈴彦姫を誘《さそ》い、こう持ちかけたのだ。

「あたしに力を貸してくれませんか。もしあたしが勝って、おさらい会が開ける事になったら、鈴のある神社のおかげだと言って、お弟子さん達に鈴を磨いてもらいます」

「鈴が綺麗になるなら、私は嬉しい。おしろさんに助力します」

ただ。おしろが大事にしている長火鉢の傍《かたわ》らで、鈴彦姫は首を傾げる事になった。

「どうやったら、勝てるでしょうか。佐助さんは、小鬼がやったと言ってます。その言葉、簡単に変えたりしませんよね？」

おしろも頷く。

「つまり佐助さんに問うても、駄目だって事ですよね。なら、事情を承知していそうな人に、聞くしかないと思うんですよ」

「あら、誰なら知っているんでしょう」

おしろの猫又の目が、きらりと光る。そして、攻略すべき相手の名を口にした。

「そりゃ廻船問屋長崎屋の、水夫《かこ》さん達ですよ。廻船問屋の手代、佐助さんと長く一緒に、働いている人たちです」

佐助が怪我をしたのは、家の内ではなく、表だろうとおしろは続けた。

「あたしは今日、朝から若だんなと離れに居ました。でも店の奥では騒ぎなど、起きてないです」

残る場所は長崎屋の店表か、廻船問屋の横手にある、荷揚場《にあげば》だろうという。

「ええ、そうですね」

「廻船問屋で騒ぐ人はいないでしょう。つまり何かあったのは、堀川沿いの荷揚場です」

ならば船頭《せんどう》をしたり、荷揚げをしている水夫達に聞くのが、一番だと言うのだ。

「その考え、素晴《すば》らしいです」

娘姿の二人は、大いに納得した。ただ鈴彦姫は、眉尻を下げた。

「けど水夫さん達は私達に、色々話してくれるでしょうか。こっちは、会った事もない他人です。そして佐助さんは、日頃から世話になっている、長崎屋の手代なんですもの」

佐助が言わないでいる事を、水夫が漏《も》らすだろうかと、鈴彦姫は不安げだ。ただ、その言葉を聞いたおしろは、明るく笑った。

「あ、それは大丈夫。あたしは上手い手を、考え付いてるんです。鈴彦姫さん、おなごなら、上手くいきます」

「おなごなら？」

鈴彦姫が、今度は右に左に、何度も首を傾けたので、おしろが笑った。

「水夫さん達が、あたし達に優しく振る舞《ま》うよう、しむければいいんです。で、男が優しくする相手は誰か、あたし、知ってるんです」

少し前に長崎屋の近くで、可愛《かわい》いおなごが優しくして貰っているのを、おしろは見ていた。

「目指すのは、それです」

おしろは立ち上がると、人目のない自分の部屋で、ぽんと姿を変えた。妖者《あやかしもの》の猫又として、人の間で暮らすようになって久しい。化《ば》けるのは得意であった。

「まあ、綺麗なお人に化けましたね。でもおしろさん、いつもの姿も綺麗なのに、何でこの、十六、七の娘さんに、化け直したんですか？」

新しい姿のおしろは、明るく笑った。

「一つは、いつもの姿のまま、佐助さんの事を水夫さん達に聞いたら、困るかもしれないと思うんで」

水夫達は知らなくても、近所の誰かが堀川を通りかかり、おしろが一軒家の者だと話してしまうかもしれない。

「そうなったら、どんな噂《うわさ》が流れるか、分かったものではないですから。あたしが佐助さんの事を聞いたら、岡惚《おかぼ》れしてるって、勝手に言われても驚きません」

「あ……ありそうな話ですよね」

鈴彦姫が深く頷く。

おしろは当分、一軒家で暮らそうと思っているので、妙な話になることは避《さ》けたいと言ったのだ。

「それに、若い奉公人から優しくされてたおなごは、これくらいの年だったんです。見習おうと思って」

「なるほど、この位の年の娘は、術でも使えるのかもしれませんね」

鈴彦姫もひょいと宙《ちゅう》へ飛び、いつもとは別の、それは可愛い姿に変わる。二人は互いを見て微笑《ほほえ》むと、長崎屋が荷揚げをしている、堀川沿いへと足を運んだ。

大男と小兵《こひょう》、痩《や》せた男と、見分けやすい三人がいたので、おしろが目を向ける。

「一軒家で暮らす金次さんが、よく廻船問屋の事を話すんです。あの水夫さん達、大七《だいしち》、小六《ころく》、笹一《ささいち》の三人だと思います」

長く佐助と仕事をしている仲間とかで、この三人からなら、きっと良き話が聞ける筈であった。綺麗な二人は、そそくさと男達の所へ向かったのだ。

すると話しかけた途端、年かさの大七が、溜息《ためいき》を漏らした。

「嬢《じょう》ちゃん達、綺麗な振り袖《そで》を着て、男の事を聞くもんじゃないよ」

その格好なら、良き家の娘御《むすめご》なのだろうが、妙な噂が出たら、良い縁談《えんだん》を逃してしまうと大七は言ったのだ。

「先にも、手代さんに会いたいって、可愛い子が店へ来てな。後から親が現れて、そりゃ一騒ぎ起きたんだぞ」

実は、親が怒るような事は、何もなかったのに、娘は泣く事になったのだ。

「無茶はしないこった」

大七は、大真面目であった。だがそう言われても、妖であるおしろや鈴彦姫には、親などいないのだ。

「あの、あたし達はただ、手代さんの喧嘩《けんか》について知りたいだけで……」

妖であるから、実は大七よりもずっと年上で、今更《いまさら》心配されるようなことはない。おしろも鈴彦姫も、なぜ突然説教《とつぜんせっきょう》されるのか、さっぱり分からなかった。

そして、二人が帰らないでいると、話は思わぬ方へ転がり出した。

「嬢ちゃん達、まあ聞きな。気になってる手代さんが、いるかも知れんけどな。手代さんじゃ、縁組みをする話にゃならんのよ」

商家の奉公人でも嫁《よめ》を貰えるが、それは番頭《ばんとう》になって、店の外から通えるようになってからの事なのだ。大七は、おしろ達へ引けといってくる。

すると小六が、横から口を挟《はさ》んできたのだ。

「まあまあ大七さん、堅《かた》いことを言わねえで。嬢ちゃん達、良い男に興味が出てきたなら、ここにもいるぜ」

小六は自分の事を、大きな荷でも楽々担《かつ》げる力持ちだと、何故だか売り込んで来る。しかし小六の事を聞いても、佐助が喧嘩をした事情が見えてくる筈もない。

「あのぉ、あたしが知りたいのは、今日、騒ぎが無かったか、とかですね……」

おしろが、何とか佐助の喧嘩に話を戻そうとしたところ、今度は笹一が、小六に妙な事を言ってきた。

「小六さん、おめえさんは、どっちの娘が綺麗だと思う？　牡丹《ぼたん》の花柄の子だって？　いいねえ、あっしは横に居る蝶《ちょう》柄の着物の娘っ子が、良いと思うんだ」

笹一は頷くと、おしろ達を見た。

「どうだい、あっしと小六さん、それに嬢ちゃん達二人で、船遊びでもしないか？」

舟は荷運びに使うもので、ちょいと気持ちが盛《も》り上がらないかもしれないが、どこまで乗ってもただだ。笹一が、妙な目つきでそう言ってくると、一寸の後、大七が拳固《げんこ》を、小六と笹一の眼前に突き出した。

「良い所の嬢ちゃん達に、馬鹿《ばか》言ってんじゃねえ。何が船遊びだ。長崎屋の舟を、己の遊びに使う気なのか！」

「お、おれ達だって、良い男なんだ。たまにはいいじゃねえか」

「良くなんか、ねえっ」

大七は水夫二人に、雷を落とした後、今度はおしろ達に、怖い声を向けてくる。

「ほら嬢ちゃん達、馬鹿な男に目を付けられる前に、家へ帰んな。親に心配を掛けるもんじゃないぜ……って、おいおいおいっ」

大七が魂消《たまげ》た声を出したのは、堀川沿いの荷揚げの場に、いつの間にか、他の水夫達が集まってきていたからだ。

嬉しげな顔が、おしろと鈴彦姫へむけられている。

「何と何とぉ、こりゃ綺麗な娘さんが、顔を出してるじゃねえか」

「嬢ちゃん、ここにいる三人より、俺の方が男前だぜ。なぁ、一緒に遊ばないか」

「小吉《こきち》、阿呆《あほう》な事、言うんじゃねえよ。娘さん、この松夫《まつお》が一番優しい男だ。うん、当人がそう言ってるんだから、確かだ」

「あの、あたし達は手代さんの喧嘩の事を、聞きに来ただけです。ご承知ではないですか」

鈴彦姫が真面目に問うても、返答は妙なものであった。

「手代さんは店の中にいるし、表で喧嘩なんかしねえさ。おなごを楽しいところへ、連れて行きもしねえ」

「だから、おれと遊ぼう」

増えてきた男達が道を塞《ふさ》ぎ、おしろと鈴彦姫は、その場から離れる事も無理になってきた。気がついた時には、妖としては珍しくも、思い切り困っていたのだ。

「あら、どうしましょう」

まあ、猫又の姿になれば、おしろは簡単に、堀川沿いから逃れる事が出来る。鈴彦姫とて、ふわりと浮き上がり消えれば、事はさっさと終わると知っていた。

だが。

「おしろさん、そんな事をしちゃ、拙《まず》いんですよね?」

小声で問えば、連れが小さく頷く。

(昼間から怪異《かいい》が現れたって、大騒ぎになってしまいます。鈴彦姫さん、兄やさん達が怒りそうです)

万に一つ、長崎屋に迷惑が掛かることになったら、大変であった。離れの毎日が吹っ飛んだら、金次が江戸中を、真冬の寒さに包《つつ》んでしまうかもしれない。

「困ったわ。どうしましょう」

おしろと鈴彦姫は、男達から迫《せま》られるばかりで、佐助の話など全く拾えていない。

「何でこんなことになったのかしら」

二人揃って、首を傾げる事になった。

5

往診《おうしん》からの帰り、火幻は一軒家に残っていた場久から、遅い昼餉に誘われた。

「まだ食べてなかったら、一緒にうどんなどいかがですか？」

「これはありがたい。お店を傾《かたむ》けたご主人が、気落ちして、胃の腑《ふ》をやられまして。愚痴《ぐち》に付き合ってたら、遅くなりました」

「金次さんが祟ったのかね」

一軒家の板間で、揚げと葱《ねぎ》を入れたうどんを振る舞われ、火幻は大いに感謝した。

「場久さん、汁《しる》、美味しいです。でも場久さんはどうして、昼餉が遅くなったんですか？」

すると場久はうどんを食べつつ、是非高座《こうざ》で語りたいので、今までせっせと佐助の事を、調べて回ってたと話した。昼餉どころではなかったのだ。

ところが、さっぱり事を摑めない。近所で、若いおなごと、手代さんと呼ばれていた男が、痴話喧嘩をしていたらしいと、噂を聞いたが、佐助のこととは思えなかった。

「いっそ佐助さんに、正面から問いたいよ」

するとか火幻が、あっさり返した。

「あの、私は怪我の手当をしてるとき、佐助さんに聞いちゃいました。でも、ですね。小鬼がやったって言ってましたよ」

つまり、佐助に聞いても無駄なのだ。妖医者がそう言うと、場久はがっくり肩を落とした。

「そうかぁ、佐助さんは、何も語ってくれないんですか。今回だけは何とか勝って、怪談を語りたかったたんですけど」

すると、ここで火幻は笑みを浮かべる。

「場久さん、まだ勝負は始まったばかりです。諦《あきら》めては駄目ですよ」

そして、どれ程役に立つかは分からないが、自分は場久に力を貸そうと言ってくる。

「うどんのお礼です。私は医者の仕事が詰まってて、謎解きをしている余裕はなさそうですし」

「そ、それは嬉しい。うん、一人で考えてると、気弱になるし。自分が勝つのは無理じゃないかって、それればかり考えてたんです」

火幻は笑った。

「そうですね……とりあえず、患者の家へ往診に行ったら、怪我人が出たような諍《いさか》いの話を知らないか、聞いてみます。まずはそういう形の力添えで、どうでしょう」

「火幻先生、感謝ですぅ」

場久は本当に嬉しくなり、医者へ二杯目のうどんを勧《すす》める。だが自分の分も椀《わん》に入れた後、両の眉を下げた。

「あの、佐助さんは、隠し事をするような人じゃないんですよ。なのに今回に限り、はっきりと言わないのは、どうしてでしょう」

「うーん、長い付き合いの、皆さんが分からないんです。長崎屋へ来て日の浅い私には、お手上げというか」

火幻は、そういえば自分も気になった事があると言い、小鬼達の爪は鋭いのかと聞いてくる。場久はきっぱり、首を横に振った。

「小鬼の手は小さくて、柔《やわ》らかいですよ。蜜柑《みかん》すら、皮が厚いから上手く剝《む》けないと言い、いつも泣きつかれます。炬燵《こたつ》に入る時は皆、蜜柑を剝いて、小鬼等《ら》へ渡すんです」

「ならばやっぱり、佐助さんの怪我は、小鬼の仕業とは思えませんね。引っかき傷を作る爪が、鳴家にはないんですから」

ならば問題は、誰が佐助に怪我を負わせたのか、そしてどうやったら、事の真実にたどり着けるかだ。場久と火幻はうどんを食べつつ、真剣な話し合いを重ねていった。


屛風のぞきは、薬種問屋長崎屋の店表で、薬を紙で包みつつ、溜息を吐《つ》いていた。

「あたしは今日も良い男だし、とっても役に立ってる奉公人さ。なのにどうしてかね、勝負事で勝った時、どんな褒美が欲しいのか、まだそれを思い付かないときてる」

小鬼は迷わずお菓子と言ったし、望みなど言いそうもない若だんなまで、欲しいものが決まっている。離れにいつも集う面々の内、あの場で望みを考え付かなかったのは、屛風のぞきと金次だけであった。

「あたしは、欲の無い謙虚《けんきょ》な妖なのかね。それとも、自分の欲しいものすら分からない、阿呆なのかな」

小さな粉薬の包みは胃の腑の薬で、屏風のぞきは頼《たの》まれた個数を作ると、革で出来た薬袋《くすりぶくろ》へ入れてゆく。革袋は、長崎屋の持つ船に置いておくもので、直ぐに医者を呼べない船の内で、重宝《ちょうほう》されていた。

「後は……傷薬と熱冷まし、腫《は》れ物の薬だ」

傷薬は、固めの軟膏《なんこう》を仁吉が作っているので、二枚貝の貝殻に入れて貝を閉じる。革袋が膨《ふく》らんだ頃に、廻船問屋長崎屋の方から、金次が受け取りに来た。

「金次、薬はこの通り、用意出来てるよ。でもさ、あたしは、賭け事で勝った時の望みを、今も思い付かないんだ」

正直に言い、これでは謎を考えるどころではないと続けると、貧乏神は魂消た。

「屏風のぞき、じゃなかった、奉公人の風野《かぜの》はずっと、そんな事を考え続けてたのか。いや立派だねえ」

ひゃひゃひゃと、金次が笑い声を立てる。

「あたしなんか、とうに賭け事なんか忘れてたよ。何しろさ、今日は廻船問屋の方で、一《ひと》騒ぎあったんだ」

「おや、珍しいねえ。何があったのかな？　喧嘩かい？　それとも金の揉《も》め事かな」

金次の言葉を聞き、丁度《ちょうど》店表に居た薬種問屋の皆も、目を向けてくる。貧乏神は笑って、とても良くある話だと言った。

「今日は堀川の船着き場で、水夫達が荷揚げをしてたんだ。そしたらね、何と、それは綺麗な娘御が二人、話しかけてきたんだと」

見とれるほど綺麗であった上、着物は牡丹や蝶の柄で、大層《たいそう》良い品だった。水夫達は、我先にと話しかけ、良い返事が聞けない内に、他の水夫や、関係の無い奉公人達まで、おなご達の周りに集まってきてしまったのだ。

「長崎屋の荷揚場が、人で一杯になったんで、驚いた小僧《こぞう》が佐助さんに知らせてね。水夫達が荷揚げを放《ほう》っていたことを、知られてしまったんだ」

佐助がそれは低い声で、荷揚げは済《す》んだのかと問うた途端、京橋《きょうばし》近くから、蜘蛛《くも》の子を散らすように人が逃げたという。

「肝心のおなご達も、いつの間にか、いなくなってたそうな」

綺麗なおなごとは親しくなれなかった上、佐助に叱《しか》られた水夫達は、肩を落とし、遅れた仕事を片付けているらしい。

「ありゃ、悲しい」

屏風のぞきがうめくと、金次がまた笑う。すると、近くで薬研《やげん》を使っていた小僧頭《こぞうがしら》の子が、話に加わってきた。

「その綺麗なお嬢さん達ですけど、二人は長崎屋へ、手代さんの事を聞きに来てたとか」

その話を聞き、廻船問屋と薬種問屋では、手代達がそわそわとしているらしいのだ。

「おや、誰の事だろう」

金次が楽しげに言う。

長崎屋は大店で、しかも二つも店がある。手代達はそれぞれ何人もいるから、もしやと思う奉公人も、多いに違いない。金次は、口の両端を引き上げた。

「まあ普通なら、御店《おたな》で寝起きをしている手代は、嫁取りをする事にゃ、ならんわな。仁吉さんだって佐助さんだって、自分達は手代だからと、綺麗な娘さん達との縁を、何回も断《ことわ》ってきてる」

だが、しかし。金次は他の奉公人達を見回し、ひゃひゃひゃと笑ったのだ。

「この世の中にゃ、並とは外《はず》れた事があるからねえ。実は奉公人の婚礼《こんれい》にも、そういう外れた例があるらしいよ」

「えっ、えっ、どういう話があるんですか？」

小僧頭が身を乗り出してくる。屏風のぞきが目を向けると、更に多くの奉公人達が、話すのを止《や》め、金次達を見つめてきた。

「その話をしてくれたのは、一軒家のおしろさんを訪ねてきた、戸塚《とつか》の知り合いなんだよ」

その男は猫又で、東海道を旅してきた上方《かみがた》の旅人から、話を聞いたらしいが、そこは店で語れない。よって金次はさっさと、肝心な点を語った。

「実は、番頭になる前に、婚礼をあげた手代は、案外いるって話なんだ。事情を聞いたら、そりゃそうかもなって思ったよ」

「えっ、えっ、どういう事情なんだい？　戸塚のお人から聞いたって言うが、西の方じゃなく、江戸でもある話なのかい？」

「おや、お前さん、いつの間に廻船問屋の方から、こっちへ来てたんだ？」

驚いた事に、金次に声を掛けてきたのは、廻船問屋の手代であった。皆が興味津々《きょうみしんしん》なので、屏風のぞきは息を吐き、早く話しなと金次を促《うなが》す。

貧乏神がにやりとした。

「皆も、噂くらい聞いた事があるだろう。大店への、婿入りの話だよ」

江戸よりは、上方でより多く聞くような気がすると、戸塚の者は言っていたらしい。

「特別に腕の立つ奉公人が、家付き娘の婿になって、大店の跡取《あとと》りになるっていう、夢のような話だな」

「奉公人から……お店の主になるんですか」

何人かが、ぼうっとした顔で、その話を聞いている。金次は、言葉を足した。

「婿に入っても、大店の財は家付き娘のものだ。財は子供に受け継がれる。だからまあ、元奉公人の婿が、勝手にゃ出来んわな」

それに、驚く程商いの腕が立つ者でないと、そんな幸運は摑めないだろう。ただ、家付き娘の婿になるのは、釣《つ》り合う年の男であった。

「つまり、まだ若い手代さんが、ある大店の婿に決まったんだ。戸塚の御仁《ごじん》は、そう聞いたそうだ」

つい先日の話だという。

「まあ、江戸の事じゃなかろう。江戸でそんな婚礼があったら、今頃山と、よみうりが出てるだろうしな」

金次はここでちゃんと一言、付け加えた。屛風のぞきもそれを聞いて、うまい話はそう転がってないよなと、笑ったのだ。

ただ手代達は、夢のような話を忘れないだろうと、金次は言って笑った。

6

暮れ六つが近くなってきた頃、通町で患家廻《かんかまわ》りを終えた火幻が、場久のいる一軒家に顔を出した。すると以津真天が台所にいて、場久から飯炊きを習っていた。

「おや、ここで飯炊きとは珍しい」

「今日は、火幻先生を夕餉《ゆうげ》に呼ぼうと思ってね。佐助さんの話を見抜く相棒だから」

よって場久は、以津真天も一軒家へ誘った。西から来た妖は、今は火幻と同じ二階屋で暮らしているからだ。

場久はその時、火幻が飯炊きの事でこぼしていたのを想い出し、ついでに教えていたという。

「なに、以津真天は飯炊きに慣れてます。だから、あとはこつさえ覚えりゃ、上手くいきます」

「これは嬉しい。毎日美味い飯が食べられたら、そりゃ助かります」

西の妖は頷くと、真剣な顔で火加減を見ている。場久は煮転ばしが入った鍋《なべ》を、煮ていた七輪《しちりん》から外し、漬物を切り始めた。

「金次さんが帰ってきてから、食べるとしましょう。おしろさんは、どこへいっちまったんでしょう、いないんです」

すると、噂をすればなんとやらで、おしろが鈴彦姫と一軒家へ戻ってくる。二人は秋刀魚《さんま》を山程抱えていた。

「あら七輪が出てる。丁度良いわ、場久さん、それで秋刀魚を焼いても良いかしら」

二人は今日、頑張って佐助の怪我の謎を解こうとしたのに、何も摑めなかった。疲れたのでおしろ達は一杯飲むことにして、つまみに魚屋から秋刀魚を買ったのだ。

すると棒手振《ぼてふ》りの魚屋が、秋刀魚を選んでいる時、手代の噂を知っていると言い出した。おしろ達はその話と引き換えに、残りの秋刀魚を全部買ったのだ。

「魚屋の兄さんは、ちゃんと話してくれたんです。でも、佐助さんの話とは思えなかった。何か妙な噂話だったのよ」

その魚屋は、男の出世《しゅっせ》とおなごの恋慕《れんぼ》の話を、語ったのだ。

「おや、面白そうな話だ。聞いてみたいです」

寄席で、物語を語るのが仕事の場久が、魚を焼く役目を引き受けるからと言い、おしろへ話を頼む。場久が、七輪を三つ並べて魚を焼き始めたので、おしろは魚屋の話をそのまま口にした。

「その兄さんは、ある娘さんが、長崎屋の手代を訪ねていった話をしたの。だから相手の手代は、良い男だと高名な、仁吉さんか佐助さんだ。間違い無いって言ったんだけど」

しかしだ、魚屋によると、その娘御と手代は恋仲らしい。しかも、駆け落ちの噂まであるという。

「恋仲の娘さんがいるって？　仁吉さんか、佐助さんに？」

火幻は目を見張ったが、場久は眉間《みけん》に皺《しわ》を寄せ、首を横に振った。

「駆け落ちとは。兄やさん達の話とは、とても思えないですよねえ」

だが魚屋の話には、続きがあった。相手の娘は今日も、長崎屋の手代を訪ねていったらしい。

「けれど、今日は荷揚場が騒ぎになったでしょ？　佐助さんが怒って、荷揚げは済んだのかと水夫さん達へ問うたんで、皆、忙しく働き出したの」

気がつくと娘も、姿が見えなくなっていたのだ。

「急に、何処《どこ》かへ消えたんだそうです」

「消えた？　長崎屋を訪ねてきた娘さんが、消えたんですか？」

場久が驚き、しばし団扇《うちわ》を振る手を止めたので、秋刀魚が煙を立て始めた。その煙を、首を傾げた以津真天が、団扇で外へ扇《あお》ぎだしている。

「まるで、悪夢みたいな話ですね」

話の成り行きに、火幻も戸惑っていると、鈴彦姫は、荷揚場にいた娘が消えた件に、不思議はないと続けた。

「だって消えた娘は、妖でしたから。私とおしろさんが、佐助さんの件を摑もうと、化けた姿だったんです」

水夫達に、佐助の事を聞きに行ったのだ。だが事を摑めない内に、人が集まってきてしまった。でもそのおかげで、鈴彦姫達が人混みに紛《まぎ》れ、その場から消え失せる事が出来たのだ。

「おやおや」

するとここで、場久が秋刀魚の焼け具合を見つつ、口にした。

「魚屋さんの語りですけど、何だかあたし達の話と、他の娘さんの話が、混じっているみたいですね」

おしろ達が今日、長崎屋の荷揚場へ行ったのは、本当だ。

つまり長崎屋の手代を、綺麗な娘っ子が訪ねたのだ。そしておしろ達は妖だから、上手くその場から消えている。

「ここまでは、合ってます」

だが、おしろも鈴彦姫も、兄や達と恋仲ではない。

手代と、駆け落ちの約束もしていない。鈴彦姫が柔らかく首を傾げた。

「つまり、もう一人の若い娘さんと手代さんが、恋仲なのかしら。でも、どこに消えたんでしょう」

噂の手代は、誰なのか。

「今回の賭けは、佐助さんの怪我の事情を、突き止めた者が勝ちってことでしたけど。けほっ、この話は調べたら、訳の分からない事が増えてきますね」

おしろ、鈴彦姫、場久、火幻、以津真天が、顔を見合わせる。三つの七輪からは、今や盛大に秋刀魚の煙が上がり出し、おしろはその煙にむせつつ、溜息を漏らした。

場久も、ここで何か言おうとしたが、口を開いた途端、こちらも煙でむせかえる。気がつくと一軒家は、煙でそこいら中が霞《かす》み、前が見えなくなってきていた。

「おや、そろそろ魚を、火から下ろした方がいいかな。炭になったら食べられないですよね」

すると一軒家の表から、苦笑交じりの声が聞こえてきた。何と、金次や屏風のぞきの声であった。

「あー、若だんな、やっぱりこの一軒家からの煙は、七輪の煙だよ。秋刀魚を焼いているようだ」

「火事じゃなかったわけだ。ひゃひゃっ、めでたいこった」

台所の戸口に現れた金次が、咳《せ》き込みつつ笑うと、仁吉へ知らせてこいと言って、小鬼を一匹、ぽんと長崎屋へ向けて放る。

「きょんいーっ」

こうして、空へ投げられるのにも慣れてきたのか、小鬼は怖がりもせず、高い屋根へと向かい飛んでいく。

若だんなは一軒家へは入らず、むせつつも、横を向いて頭を下げた。近くの者がもう一人、様子を見に来ていたのだ。

「うちの貸家が元で、お騒がせしました。この煙、秋刀魚の煙でした」

見ると、近くの大家が頷いている。

「おや、焼いてたのは秋刀魚だったのかい。小火《ぼや》かと心配したよ」

その声を聞いて、場久が急ぎ、焼けた秋刀魚を三匹ばかり竹皮《たけかわ》に載《の》せ、騒がせた詫《わ》びにと差し出している。大家は喜んで、長屋の皆でつまむと言い、その場を離れていった。

「やれやれ、何で秋刀魚の煙が、こんなに凄《すご》いんだ？　あっ、七輪が三つもあるよ。たくさんの秋刀魚を、一遍《いっぺん》に焼いてら」

屏風のぞきが呆れた声を出すと、おしろ達が頭を下げる。

「頑張ったのに、佐助さんの謎が解けなかったんで。飲んで食べ、憂《う》さ晴らしをする気だったんですよぉ」

若だんなは笑うと、ではそろそろ佐助の謎に、答えを出そうと口にした。

「離れの夕餉を一軒家に運ぼう。皆で食べながら、謎解きをしようか」

若だんなは、もし答えが出なかったら、全員外れということで納得しようと続けた。長引かせて、お楽しみが苦痛に化けては、いけないのだ。

「その時は、長火鉢に貯《た》まってるお金は、また別の楽しみに使う事にしようね」

「きゅい、お菓子食べたい。誰か当てて」

鳴家達が真剣な顔で願った。

7

秋刀魚が焼き上がると、無事に炊き上がったご飯をよそって配り、芋《いも》の煮物や漬物、それに田《でん》楽《がく》などを、皆の真ん中に置いた。

それから、佐助が怪我をした事情を、いかに突き止めていったか、それぞれが語り出した。

まずはおしろと鈴彦姫が口を開き、早々に降参をした。

「あたし達、別の娘さんに化けて、長崎屋の水夫さん達から、佐助さんの怪我について聞こうとしたんです。けど」

見事に何も分からなかったと、おしろが語る。

「佐助さんの謎は、さっぱり摑めなかった上に、妙な話が付け足されちゃいまして」

長崎屋の手代に会いにきた、別の可愛い子が現れたと、水夫達が、語っていたと言うのだ。その二人はおしろ達なのに、親を名乗る者が現れ、怖い顔で娘を叱っていたとの噂も聞いた。

「もう一人、別の娘さんがいたように思うんです。けどその事が、佐助さんの話に繋がるのか、さっぱりなんですよ」

金次と屏風のぞきも、首を横に振っている。

「堀川の荷揚場で、綺麗な娘御が二人、話しかけてきた事は、あたし達も聞いた。あれは、化けたおしろさん達だったんだね」

ただ佐助は、荷を気にしていただけで、娘に興味はなさそうであった。

「つまりもう一人の綺麗な娘さんの相手は、兄やさんじゃなかろう。佐助さんが怪我をした訳も、思い浮かばないねえ」

金次はあっさり、駄目だったと語った。屏風のぞきも、そもそも小鬼の手で、どうやって佐助を襲ったのか、肝心のそこが今もって分からないと言い、勝負から降りる。

二人は潔《いさぎよ》く、負け組に入ったのだ。

次は火幻と場久であった。二人は火幻の患者やその周りに問うたが、佐助が戦ったという話は、聞けなかったと告げる。

「ただ我ら二人には、気になっている事があるんです」

おしろが話した、魚屋の話だ。

「ある娘さんが、長崎屋の手代さんを訪ねていったって事だった。おしろさん達も、話してたね」

その件は、諍いを生みそうだと火幻が言う。そういう話は、羨《うらや》ましいからだ。

「魚屋は、その娘御と手代は恋仲で、しかも、駆け落ちの噂まであると言ってたんでしょ？　それが揉め事の大本《おおもと》、怪我の原因じゃないですかね」

「おおっ、今回の件は、まさか、まさかの、恋絡みの話だったのか」

一軒家がどよめいたが、場久はここで眉根《まゆね》を寄せてしまう。

「手代さんの方は、誰なんでしょう」

佐助でも、仁吉でもなさそうだと言うと、皆が頷く。

「まあ、長崎屋に手代さんは、沢山おいでです。だから、その内の一人でしょう」

でもそうなると、また問題が残るのだ。

「他のお人の恋話で、どうして佐助さんが、大怪我をしたんでしょう」

場久と火幻は揃って眉尻を下げる。どうやら、話はいつもそこへ戻ってしまい、答えが出せないのだ。

「ええ、我らもお手上げです」

そして、賭けに加わり最後に残ったのは、若だんなと小鬼達であった。

「きゅんいー、鳴家は偉《えら》い、真面目、働き者」

そしてそして。

「鳴家は佐助さん、怪我させてない。良い子だから」

小鬼達は断言したが、今回ばかりはその言葉に、異を唱《とな》える者はいなかった。そもそも小鬼の手は柔らかく、佐助に怪我をさせる事が、出来ないからだ。

ここで若だんなが、一つ首を傾げた。

「なのに佐助は、小鬼がやったと言ったんだ。どうしてかしらん」

今もってこの問いにも、誰も返事ができていなかった。

若だんなは、ここで更に一つ、気になっている事があると言い出した。

「この話が、佐助の怪我とどう結びつくか、分からないんだ。けど」

金次が語った事が、頭に残っているのだ。

「金次は先に、大店を一つ左前にしたって、いってたよね」

「あん？　ああ、そうだよ」

人を貧乏にする事は、貧乏神たる金次が、成すべき事なのだ。もっとも、良きことをすれば貧乏神とて、幸運をもたらす事もある。だが、何故だか金次が知る限り、この世でそういう話になることは、少なかった。

「今回の相手は、店を一代で大きくしたと、威張ってばかりの主だったな」

しかし口で言う程、商いの腕があるようには思えない。貧乏神金次が目を付けると、ほとんど何もしない内に、あっという間に店は傾いてしまったのだ。

「残念だったね。何とも張り合いの無い相手だった」

その店は潰れなかったが、大店からの婿入り話が駄目になったと、貧乏神が続ける。

ここで鈴彦姫が、戸惑うように言った。

「若だんな、どうしてその話が、気になるんですか。貧乏神の仕事と、佐助さんが怪我することが、どう繋がるのか分かりませんが」

若だんなも、その通りだと頷く。

「でも今、長崎屋の周りには、幾つか困った事が集まってるんだ。そこが気になってる」

若だんなは、それを並べていった。

金次が関わった店が傾いた。

長崎屋の手代に、娘さんが会いに来て、親が怒った。

その手代と娘さんには、駆け落ちの噂がある。

「そして同じ頃、佐助が怪我をしてる」

更に、その怪我の大本が、爪のない柔らかな手の小鬼で、佐助に怪我をさせたと言われているのだ。火幻が腕を組み考え込んだ。

「確かに、変な事が重なってますね。けど、事が繫がっていると言うには、無理があると言いましょうか」

ここで鈴彦姫が、並んだ話の中で、一番無理だと思うのは、やはり鳴家の事だと言い出した。

「鳴家じゃ、この鈴彦姫だって倒せません」

佐助が負ったような傷は、鋭い爪がある者でなければ、付けられないのだ。その言葉に、おしろが考え込む。

「おや、じゃあ誰なら、佐助に怪我を負わせられるかしら」

若だんなが問うと、猫又は猫の手を出し、己の爪を確かめる。直ぐに首を横に振った。

「佐助さんの怪我は、もっと大きな爪でやられてました。だから手当の時、熊にやられたのではなんて、言葉が出たんだと思います」

若だんなが、大きく頷いた。

「本当にそうだね。その考え、突き詰めてみたいと思う」

長崎屋の近くにいる者で、あの爪痕を残せる者は誰か。それを考えたいと言ったのだ。

「江戸のど真ん中に、熊はいないよね。だから熊は違うんだ」

小鬼も違う。若だんなには、あの爪痕は残せない。仁吉も候補から外れる。

「鈴彦姫や屏風のぞき、金次、場久も違うね。他は？」

するとここで、火幻がおずおずと言った。

「私は鳥辺野《とりべの》に現れた、怪しい坊主《ぼうず》のなれの果《は》てですから、違います。でも」

一寸黙《だま》ってから、先を続けた。

「以津真天と元興寺《がごぜ》には、爪があります。二階屋に落ち着く前、襖《ふすま》や障子戸《しょうじど》を切り裂かれました」

以津真天は、頭は人、身は蛇《へび》、歯はのこぎり、蹴爪《けづめ》は剣のごとしらしい。おまけに羽が生えているのだ。

元興寺《がごぜ》は、同じ名が付いている大和の寺、元興寺《がんごうじ》の、鐘楼《しょうろう》に住む鬼で、鬼故《ゆえ》に爪が鋭い。

「どちらも、佐助さんに怪我をさせる事は、出来ると思います。でも」

火幻は、二人を庇《かば》った。

「二人とも、ここしばらくは、せっせと飯炊きをしてます。佐助さんの事など、話してもいません」

妖らは高い場所が好きなので、暇があるときは家々の屋根に登って、のんびりしているという。西から来た妖者だが、もう帰る素振《そぶ》りもなく、火幻の暮らす二階屋に落ち着いているのだ。

「それに、その。もし二人の内どちらかが、佐助さんに怪我をさせたなら。佐助さんは、黙ってなどいないと思います」

長崎屋の者に手を出す者は、若だんなの暮らしを、脅《おびや》かしかねないからだ。

「その上、二人がやらかした事を、佐助さんが、小鬼のせいにするとも思えません」

「あ、そいつは、確かにそうかも」

この言葉には、屏風のぞきも頷く。若だんなは、考え込んだ。

「もう少しで、何か見えてきそうなのに。事がはっきりしないんだ。もどかしいね」

するとこの時、小鬼の甲高《かんだか》い鳴き声が、長崎屋の店の方から聞こえてきた。人の大声も響くと、一軒家にいた皆は膳《ぜん》をそのままにして、長崎屋へ走った。

8

「ここの手代を出せっ。娘を返せ」

暮れてきた、廻船問屋長崎屋の店先で、四十を過ぎた男が怒鳴っていた。

「娘を連れ出したのは、ここの手代に決まってるんだ。分かってるんだ」

そろそろ店を閉める刻限《こくげん》で、他に客がいないのはありがたい。若だんなが奥から、店表にいる客を見ていると、何と金次が傍らに来て、男の名を告げた。

「ありゃ孫六《まごろく》という、傘《かさ》屋坂下《さかした》屋の主だ。あたしが目を付けた途端、傾いた店さ」

「潰れはしなかったって言ってた、お店の人だね」

その店主が、なぜ長崎屋へ来ているのか。一軒家にいた皆が、あれこれ考えを口にしていると、佐助が若だんなの側に来て、表には来ないでくれと言ってくる。そして孫六はもう何度も、長崎屋へ来ていると語り出した。

「坂下屋の娘御と、うちの手代の一人は、手習い所が同じでして。店を閉める頃、娘御が時々話をしに来てました」

なんでも坂下屋が左前になった途端、娘の縁談が駄目になったという。その上、今度は妾《めかけ》奉公に行かされそうだというので、主の藤兵衛《とうべえ》も、怯《おび》えた娘が手代と話すのを許していたのだ。

「旦那様は、坂下屋は店を畳《たた》んだ方が良かろうと、おっしゃってました」

「……佐助、そうなの？」

「旦那様の商いの目は、確かです。もう無理だと言われた店が盛り返すことは、無かろうと思います」

たとえ娘を金持ちの所へ奉公に出し、手にした金を店につぎ込んでも、無理なのだ。

しかし娘が長崎屋へ通ったので、相談相手の手代が連れて逃げるのではと、孫六は勘《かん》ぐり始めた。

「おたえ様など、もし手代が娘と逃げたら、手助けしてあげればいいと、きっぱりおっしゃってましたよ」

「ありゃ、おっかさんらしいね」

そんな感じが伝わるのか、孫六は娘御が長崎屋に来た時、己もやってきて、怖い顔で娘を叱り暴れた。長崎屋の店表にあった桶《おけ》を投げ飛ばし、それが屋根の上を跳ね飛んだらしい。

「危ないことになったんですよ。おや」

佐助が言葉を切ると、顔を顰め若だんなを庇った。店表から足音が近づいたので、孫六が奥へ入りこんできたと分かる。

するとこの時、仁吉が孫六を追ってきて、いつにない程、きっぱりとした対処をした。若だんなの前へ迫ったのを知ると、孫六の襟首《えりくび》を素早《すばや》く捕らえ、強引に店から表へ引きずり出したのだ。

「おや、珍しい」

若だんなが目を見開いていると、桶の事がありましたから、仁吉も遠慮はしないのでしょうと、佐助が話しだした。

「桶の事？」

「ええ、私が怪我をした時の話です」

佐助が子細《しさい》を、己から話すと分かって、店奥に来ていた妖達が、泣きそうな顔で佐助を見つめる。その凝視を気にもせず、佐助は事の次第を語り出した。

「孫六さんは、娘さんを従わせる事しか、考えてなかったんでしょう。怒って、長崎屋の桶を投げ飛ばしたんですが、それが屋根の上を、大きく跳ね飛んだんです」

だがその時、屋根には先客がいたのだ。

「飛んだ桶に巻き込まれ、可哀想《かわいそう》に、小鬼がまず、屋根の天辺《てっぺん》から転げ落ちました」

天地が分からなくなった小鬼は、下の方にいた不運な妖に嚙《か》みつき、止まろうとした。

「きょんげーっ」

だが結局、二匹とも錯乱し、屋根から落ちることになった。そして、下にいた佐助を巻き込んでしまったのだ。

「私に傷を付けたのは、元興寺《がごぜ》でした。あの爪、堅かったです。ただ、以津真天の蹴爪は剣のごとしと言いますんで、そっちじゃなくて助かりました」

「あらら、爪の主《ぬし》は元興寺《がごぜ》だったの」

気がつけば、あっという間に佐助の怪我の真実は、語られてしまったのだ。妖達を振り返ると、賭けに勝てなくなった場久が、奥の土間へ目を落としている。

若だんなが、どう慰《なぐさ》めようかと考え始めた時、佐助はやっと、いつもの妖達と様子が違う事に、気がついたようであった。


それから十日も経つと、色々な事にけりがついた。

まず、坂下屋がどうなったか、はっきりした。

幼なじみの娘が、いよいよ妾奉公へ行く事になると聞き、手代は腹をくくったらしい。坂下屋の娘は、手代と一緒に親元から逃げ、二人は江戸から離れて、知り合いの所に身を寄せているのだ。

貧乏神金次がきっぱりと、あの店はどうせ持たないと言い切ったので、娘が逃げられて良かったと、佐助は言っていた。

次に、賭けに勝てずしょげていた場久が、何とか復活した。若だんなが、また一軒家で噺《はなし》をして欲しいと願ったからだ。

「そうですね、そういう場を作って貰えたら、うれしいです」

寄席に比べ、集まる人は少ないだろうが、とにかく話せるからと、場久は怪談を語る事になった。するとおしろも、習い事のおさらい会を、一緒にやると言い出したのだ。その方が、客も集まる。

「私の鈴も、磨いてもらえることになりました。ありがとうございます」

「きゅい、お菓子も出る」

小鬼も満足げであったので、若だんなはほっとした。それから首を傾げると、佐助へ一つ、問うたのだ。

「あのね、佐助の怪我の元は、坂下屋さんと鳴家、それに元興寺《がごぜ》のせいだと思うんだけど。何で小鬼だけがやったって、言ったの？」

「あの時私は、坂下屋が既《すで》に、金次に目を付けられているとは知りませんでした」

だから佐助が絡んだ件で、うっかり貧乏神に関わらないよう、名を出さなかったのだ。そして、元興寺《がごぜ》の事を言わなかったのは。

「あの妖、まだ長崎屋の面々と、馴染《なじ》んでおりませんので」

しかし、若だんなの医者である火幻の、連れではある。これまた、名を出すことは憚《はばか》られたのだ。

「で、小鬼が関わった事は確かでしたので、そう話しました」

小鬼のへまは珍しくもなく、佐助が語っても、大事《おおごと》にはならないと分かっていた。

「なるほど」

しかし若だんなは、小鬼だけ悪者では、何か可哀想な気がしたのだ。

よって一軒家で行う寄席の日に、それは沢山のお菓子を、小鬼のために用意すると言った。するど場久の寄席には、それは多くの客が集ったのだ。

かたごころ

1

「以津真天《いつまで》が、飯を上手《うま》く炊《た》けるようになった。いや、めでたいっ」

西から来た妖《あやかし》が、一升《いっしょう》の飯を、それは美味しく炊けたというので、長崎屋《ながさきや》の面々は祝いの席を開く事にした。つまり一軒家で、宴会を開くと決まったのだ。

以津真天は明日、気合い入りでご飯を炊き、お櫃《ひつ》に入れ、板間に並べる事になる。一方屏風《びょうぶ》のぞきが、宴《うたげ》で葱鮪《ねぎま》鍋《なべ》を食べたいと言い出したので、若だんなが、離《はな》れへ出入りしている、いつもの魚屋へ声を掛《か》ける。一軒家へ、鮪《まぐろ》を持ってきてくれと頼《たの》んだのだ。

すると。

次の日、魚屋は、丁度《ちょうど》捕れたからと言って、何と十貫《じっかん》はあるという鮪を天秤棒《てんびんぼう》へ載《の》せ、一匹丸ごと一軒家へ持ち込んできたのだ。わざわざ二人で担《かつ》いできた巨体を見て、長崎屋の面々は一寸《ちょっと》黙《だま》り込んでしまった。

魚屋は、立派《りっぱ》な一匹が手に入ったと、大いに胸を張っている。

「長崎屋の若だんななら、これくらい、買って頂けると思って」

「いやその、鮪は魚の中じゃ安い方だし、買うのは良いけど。これ、何人前あるのかしら」

刺身や、ぶつ切りにするなら、百人前……いや、歩留《ぶど》まりは半分くらいだとしても、二百人前は楽にありそうであった。もっとあっても、驚かない。

「若だんな、鮪は足が早いんで、出来たら今日中に、食べておくんなさい」

「そうだよねえ」

もう寒い時季にはなっているが、町で簡単に、氷などが手に入る訳《わけ》もない。生《なま》ものは急ぎ、食べる必要があるのだ。

すると一軒家の奥から、たすき掛けをしたおしろが、包丁を両手に持って現れたものだから、魚屋二人はその迫力に、顔を強《こわ》ばらせて立ちすくむ。おしろは包丁で鮪を指し、魚屋二人に、五枚に下ろせと言いつけた。

「鮪を一本、丸ごと持ってきたんだから、鮪包丁も持ってるわよね。並の包丁じゃ、そんな大きな魚、切れないわ」

「え、ええ、持ってます」

魚屋が頷《うなず》くと、鮪を切り分ける為《ため》、猫又《ねこまた》は場を仕切り始める。急ぎ、一軒家の台所に大きな板が運ばれ、その上に鮪が置かれた。

「とにかく五枚になれば、後はこのおしろが、引き受けるから」

魚屋が持った、まるで刀のような大きな刃物が、まずは鮪の頭を落としてゆく。その間に若だんなは、食べる者の数を増やす事にした。

「この大きさの鮪だと、とても妖だけじゃ食べきれないよ。長崎屋の皆にも、鮪の刺身を食べてもらおう」

屛風のぞきを長崎屋の母屋《おもや》へやり、乳母《うば》のおくまを、一軒家へ呼んでもらう。大きな鮪が切られていくのを見て、おくまは目を見開いた。

「今日は奉公人《ほうこうにん》達も、夕餉《ゆうげ》は刺身にしましょう。新鮮だわ。きっと凄《すご》く喜びます。余《あま》ったら醬油《しょうゆ》に漬け込んで、後で焼きます」

おくまは直《す》ぐに、母屋から沢山《たくさん》の皿を運び込み、おしろや鈴彦姫《すずひこひめ》、場久《ばきゅう》と一緒に鮪の柵《さく》を作って、皿に並べていく。良いところを、藤兵衛《とうべえ》とおたえに出すと言って選び、おくまが女中《じょちゅう》達と母屋へ消えた頃、一軒家にも鮪の刺身と、ぶつ切りが並んだ。

「やれ、何とかなったね。あれ、振《ふ》り売りの兄さんが、増えてる。ああ、葱や他の青物を買うのに、来てもらったのか」

若だんなは、魚屋や青物売りにも、竹皮《たけかわ》に載せた鮪の柵を持たせ、代金の金子《きんす》もはずんだ。振り売り達は、最近渋《しぶ》い話があった後なので嬉《うれ》しいと、それは喜んだのだ。するといと渋い話という言葉に、貧乏神《びんぼうがみ》である金次《きんじ》が、直ぐに食いついた。

「おやおや何だろう、面白い話かな」

だが振り売り達は揃《そろ》って、首を横に振った。

「それが、あんまり目出度《めでた》い話じゃないんですよ」

振り売り達が知っている事情は限られていたが、起きた事は分かりやすかった。近所にあるお店《たな》の娘の縁談《えんだん》が、一つ、駄目《だめ》になったというのだ。

「婚礼《こんれい》が決まり、仲人《なこうど》と親同士が会うとかで、魚屋にも青物売りにも、宴会用の品が注文されてました。ところがそれが、突然《とつぜん》取り消しになっちまって」

何でそんな事にと、振り売り達が相手方《あいてがた》の奉公人に問《と》い、破談《はだん》の事が知れたというわけだ。

「金次さん、どこの店かって？　料理屋の小島屋《こしまや》さんです。娘さんが輿入《こしい》れするはずだった相手は、深川《ふかがわ》の同業ってことでした」

葱を切る手を止め、頓狂《とんきょう》な声を出したのは、おしろであった。

「料理屋小島屋の娘？　えっ、お照《てる》さんの縁談、破談になっちまったの？」

若だんなも皆も、会ったことのある娘だと言われ、長崎屋の面々は、顔を見合わせる事になった。


一軒家の板間に火鉢《ひばち》が幾《いく》つも運び込まれ、その上に葱鮪鍋が載った。刺身の大皿と漬物の鉢も並ぶと、今日の主役、以津真天の炊いた白飯が、飯碗《めしわん》に恭《うやうや》しく盛《も》られてゆく。

今日は兄《にい》や達も若だんなと一緒だったので、以津真天は緊張した顔になっていたが、飯を大いに褒《ほ》められると、顔を赤くして喜んでいた。

「やっと、焦《こ》げを作らず炊けるようになりました。うれしいです」

祝いの言葉が告《つ》げられた後、山のように盛られた刺身と葱鮪鍋に、皆の手が伸びる。刺身を沢山作ってくれたおしろに、皆は礼の言葉を向けたが、当の猫又は、今ひとつ気が晴れない様子だった。

「だって変なんですよ。小島屋のお照さんといえば、器量好《きりょうよ》しで三味線《しゃみせん》も上手。お針も達者で優しい娘御《むすめご》だって、評判ですのに」

先《せん》だって、この一軒家でやった、おさらい会に出ていた。客達から褒められていたし、集まっていた友や、三味線の弟子《でし》の間でも、お照は人気だったのだ。

「お家《うち》は、大きな料理屋です。もちろん婚礼相手は、親と仲人さんが選んだ、立派なぼっちゃんでした」

江戸では良い家の娘が、勝手に己《おのれ》で縁を決めるなど、あり得ないのだ。鍋や刺身を食べつつ、妖らも頷いている。

「縁談は、あっさりまとまったって、あたしも聞いてます。つまりお互《たが》いの家の格や、持参金なんかに、不釣《ふつ》り合いや不満は無かったって事なんですよ」

そういう所が合わないなら、小島屋の縁談は、そもそも決まっていないのだ。

「魚屋や八百屋《やおや》から、色々買う算段だったって事は、小島屋さんは、深川の料理屋さんを、大事にもてなすつもりだったはずです。店で出しているもの以外に、特別な品を作るつもりだったんだわ」

しかし話が流れたので、小島屋は頼んでいた魚や野菜を断《ことわ》ったのだ。

「何ででしょう。今回の縁談に、何が起こったのかしら」

おしろがしきりと首を傾《かし》げていると、若だんなはおさらい会を想い出し、そういえば器量好しの娘さんだったねと口にする。途端《とたん》、まずは兄や達が話し出した。

「若だんな、ああいう娘さんが、好みでしたか。でも許嫁《いいなずけ》の於《お》りんさんとは、少々顔つきが違うような」

仁吉《にきち》だけでなく、佐助《さすけ》も頷いている。

「於りんさんは、少し年下すぎたでしょうか。我らは長く生きるゆえ、そこを考えませんでした」

若だんなは、溜息《ためいき》を漏《も》らした。

「これからも、考えないでね。仁吉、一言娘さんが器量好しと言っただけで、妙《みょう》な方向に突《つ》っ走らないで」

すると屏風のぞきも想い出したようで、確《たし》かにお照は小町娘《こまちむすめ》だったと続ける。

「しかも、場久の怪談をきちんと聞いて、感想を言ってたな。おさらい会に出られて嬉しかったと、ちゃんと礼も言ってた」

気働きも出来るし、話し方も優しかった。

「娘の幼なじみの男が、早く縁組みを申し込んでおけば良かったと、愚痴《ぐち》ってたさ」

そしておしろ同様、不思議だと続けたのだ。

「小町娘の縁談、おさらい会の時は、まだ大丈夫だったんだよな。短い間に、何が起きたんだろう」

この時だ。金次が、もの凄く機嫌《きげん》良さそうに、にたっと笑った。そして若だんなへ、こう持ちかけたのだ。

「なぁなぁ、また謎解《なぞと》きをしようや。褒美《ほうび》は前と同じでいいからさ」

前回、長崎屋の妖達は佐助の謎を追ったが、すっきり勝つことが出来なかった。それで場久は寄席《よせ》で語れてないし、皆に、残念な思いが残っているのだ。更《さら》に、更にだ。

「お照っていう娘さんの話だけど、何だろう、聞いてると、貧乏神として燃えるものを感じるんだよ」

金次を張り切らせる何かが、小島屋の縁談にはあるのだ。

「きっとお照さんの近くに、何か馬鹿《ばか》をやらかした者がいるんだ。この貧乏神と出会うと、あっという間に店が傾《かたむ》くような、心得違《こころえちが》いの奴に違いないよ」

金次は、その誰かと会いたいと言い出したのだ。だから、縁談の謎を追いたいらしい。

「お照さんの縁談が、どうして急に壊れたのか。その謎を皆で解こうや」

屛風のぞきが葱鮪鍋を食べつつ、顔を強ばらせる。

「うわぁ、金次ったら楽しそうだ。こんな様子の貧乏神に、見込まれたくないよな」

すると。驚いた事が起きた。いつも若だんなが、何かやることを嫌う兄や達が、自分達から、お照の謎解きをやりましょうと言い出したのだ。

若だんながゆったり、首を傾げる。

「おや珍しい。今日は、寝てなきゃ駄目だって言わないんだね。どうしたの？」

「最近若だんなは調子が良く、寝込むこともないので」

今の毎日が、体に合っているのかも知れないと、仁吉が真剣な顔で言う。

「ならば、今までと同じ毎日を、なるだけ続けないといけません。前に謎解きをし、賭《か》けをしたなら、またやりましょう」

「何と……仁吉は本気みたいだね」

するとと場久やおしろも、是非《ぜひ》謎解きをしたいと、若だんなへ頼んできた。

「破談の事情なんて、きっと、大した事のない話だと思います。でも、それがはっきり分かれば、もし、お照さんに妙な噂《うわさ》があっても、打ち消せます。もっと良い別の縁談を、仲立ちする事だって出来るかもしれません」

おしろの弟子の中には、お店の息子とているのだ。お照は目立って良き娘御だから、不運から救い出したいとおしろは続けた。

「きゅい、きゅい」

話が分かっているのかは不明だが、鳴家《やなり》達も力強く頷いている。若だんなは笑って、ではやってみようと言ったが、一つ、妖達に釘《くぎ》を刺した。

「でもね、今度こそ勝とうと突っ走って、誰かに迷惑をかけちゃ駄目だよ」

何しろ今回の件には、縁談が関わっているのだ。すると佐助も、深く頷く。

「時々忘れてるようだが、お前さん達は、妖なんだ。そいつが人に知れたら、皆、今の暮らしを続けられなくなるからね。長崎屋の離れにも、来られなくなるぞ」

「きゅんげ？　どうして？」

「特に今回、皆が探ろうとしているのは、娘さんの縁談の事情だ。全員で、お照さんが暮らす小島屋へ突撃したら、間違い無く胡散臭《うさんくさ》いと思われる。止《や》めろよ」

「あら、そうですね」

「きゅべ、鈴彦姫、何で？」

人には見えない鳴家達は、首を傾げているが、他の妖達は一寸、顔を強ばらせた。だが皆直ぐに、自分ならばへまはしないと言い切ると、楽しく動き始める為、まずは鮪を腹一杯食べた。

2

次の日妖達は、長崎屋の離れに集《つど》うと、今度こそ勝負で勝ちを手に入れる為、まずは話し合いをした。

小島屋へ行けないにしても、何とかお照と会い、探らなくては、勝負は始まらないのだ。その場へ、妖医者の火幻《かげん》も顔を出し、ついでだからと若だんなを診《み》ている。

「おお、今日も不思議と調子が良さそうだ。仁吉さんが、今の毎日を続けたいと言うのも、分かります」

医者は機嫌が良いが、集った妖達は、皆、眉尻《まゆじり》を下げていた。

「鈴彦姫は、困ってしまいました。自分がどう動けば良いのか、見当が付かないんです」

すると鳴家達が、炬燵《こたつ》に置かれた蜜柑《みかん》入りの竹かごを指差し、おねだりをする。

「きゅんいーっ、鈴彦姫。暇なら剝《む》いて」

鳴家に渡す為、皆は炬燵や火鉢の傍《かたわ》らで、せっせと蜜柑を剝きつつ、話をする事になる。だが、鳴家達は沢山いるので、剝いた蜜柑はあっという間に無くなってしまい、またねだられる事になった。

「きゅい、きゅい、甘い、甘い」

ここで、是非ともお照に会いたい金次が、長火鉢の側《そば》から、真《ま》っ当《とう》な考えを出した。

「こっちから、皆で小島屋へ行く事が出来ないんだ。つまりお照さんが、一軒家に来た時、会うしかないと思うけどね」

「一軒家に、娘さんを呼ぶのかい？　どうやって？」

屏風のぞきが問うと、場久が笑った。

「わざわざ、招く必要はないと思います。だってお照さん、おしろさんのお弟子なんですから」

「あっ、そうか。お照さんは一軒家へ、三味線を習いに来てるんだ」

「あら、それなら直ぐにも会って、お話が出来ますね」

鈴彦姫が、嬉しそうな顔になった。ただ……おしろは、首を傾げたのだ。

「昼間、場久さんは寄席に行ってるし、金次さんは廻船問屋《かいせんどんや》長崎屋で働いてて、気がつかないのかもしれないけど。お照さんの外出《そとで》にはいつも、ばあやさんが付いてきてるのよ」

嫁《よめ》入り前の若い娘を、一人きりで出歩かせる商人はいないと、おしろは言う。

「他にも娘さんは来てるけど、必ず誰かと一緒だわ。お友達と誘《さそ》い合って、顔を出す娘さんもいるけど」

お照とも親しいお六《ろく》とお八重《やえ》も、そうだという。二人は帰る時も一緒なので、おしろもそれを考えて、稽古《けいこ》を付けているらしい。屏風のぞきが考え込んだ。

「それじゃ、お供《とも》の人を外《はず》して、お照さんとだけ話すのは難しそうだね。娘さんに、いきなり破談の話なんかしたら、ばあやさんが怒って、連れて帰ってしまいそうだ」

どうしたらいいのか。妖達は考え込む。すると若だんなが炬燵で笑って、話のきっかけは、自分が作ると言ったのだ。

「えっ？　若だんな、何とかなるんですか？」

「この前栄吉《えいきち》が、辛あられの新作を作るって言ってたんだ。一軒家で食べて貰《もら》って、出来映《ば》えを聞いてみるのも、良いと思う」

おしろの弟子達にも試してもらい、考えを聞きたいと言ったら、お照も、喜んであられをつまんでくれそうな気がする。

「お稽古の後、お照さんにも声を掛けたら、一軒家に残ってくれるんじゃないかな。妖達はその時、それとなく話したらいいよ」

まずは食べ物の事を語り、その内、仲人の話などして、縁談の事を聞き出せばいいと、若だんなは思うのだ。金次が大いに頷いた。

「あたしらとお照さんが、一緒に辛あられを食べていれば、色々話が聞けるさ」

それに、そういう席でなら、ばあやは別の妖が、話し相手を引き受ける事が出来る。同じ部屋に居《い》ながら、小島屋の二人は違う話を語れる筈《はず》なのだ。

妖達が、沸《わ》き立った。

「そのやり方なら、上手くいきそうですね」

「きゅい鈴彦姫、辛あられ、小鬼《こおに》も食べる」

「若だんな、早く栄吉さんに、新作あられを頼んで下さい」

場久が、目を輝かせて頼んでくる。

「三春屋《みはるや》で売る、商売物が関わった話だから、少し待ってね。明日、明後日という訳には、いかないと思うから」

するとおしろも、皆へ釘を刺した。

「お照さんだって間《ま》を置かず、三味線のお稽古に来てる訳じゃないですよ。それにね」

もし、お照に辛あられを食べてもらうなら、手順があると、おしろは言ったのだ。

「まずはお稽古が終わった後、次回、辛あられを食べる会があるが、加わって貰えないか、聞いた方がいいの」

そうすれば親にも伝わり、次の稽古日に少し帰宅が遅くなっても、娘の心配をしないと言うのだ。

「だから、焦《あせ》っては駄目です」

鈴彦姫がおしろの言葉に感心して、何度も頷いている。

「おしろさんは、立派なお師匠さんなんですね。並の妖じゃ分からない、町の暮らしの機微《きび》まで分かってるんだわ」

おしろは、にこりと笑ってから、ひゅんと二股の尻尾《しっぽ》を振った。

「ふふふ、あたしも猫又としての暮らしが、長くなってますからね。色々心得てるわ」

弟子達からは年に五回も、謝礼の金が入るのだ。だから、ちゃんと対応しなくてはと、おしろは言っている。

「きゅい若だんな、小鬼もそつない」

「お照さんに会うまで、少し間が要《い》りそうだね。まあ、いつものように過ごしていこう」

「寄席で噺《はなし》を思う存分《ぞんぶん》語る日は、まだ遠そうですね。この場久は獏《ばく》として、暫《しばら》く真面目《まじめ》に悪夢を食べている事にします」

「あたしと金次は、長崎屋でお勤《つと》めだな。おしろは、根回しなんかで忙《いそが》しかろう。だから鈴彦姫、離れで若だんなを頼む」

「ええ、任せて下さい」

屛風のぞきがそう仕切りだし、小鬼達はのんきに、また蜜柑を食べている。

だがここで若だんな一人が、少し首を傾げていた。

3

江戸の夜は、早い刻限《こくげん》に訪《おとず》れ、暗い。

一つには、夜更《よふ》かしをして明かりを点《つ》ければ、油代が高く付くし、火事が怖《こわ》いからだ。

そして重いほど暗いもう一つの訳は、江戸の夜が、怪しい者達を包《つつ》み込んでいるからであった。

若だんなはふと、真っ暗な中で目を開け、それから暫くして、首を傾げた。いつもなら側に沢山寝ている鳴家達が、感じられなかったのだ。

「あれ、もしかするとこの闇《やみ》は、離れじゃないみたい。……夢の内かな」

すると、そう遠くもない辺《あた》りから、馴染《なじ》みの声が聞こえてくる。

「おや驚いた。若だんなじゃありませんか。ここは悪夢の内ですよ。珍しくも、怖い夢を見ちまったんですか？」

その声が聞こえた時、闇の内にぽっと明かりが灯り、場久の姿が見えるようになった。若だんなはほっとして、黒一面の中へ足を踏《ふ》み出し、場久へと寄っていった。

そして真っ黒な夢に捕まった訳を、妖に白状する。

「場久、そのね、不安になったんだよ」

「不安、ですか？」

「最近、熱も出なくて、寝込みもしないだろう？　だから妖達だって、私を看病する事もなく、あれこれやって楽しんでる」

それだけでなく、おしろは今、弟子であるお照を心配していた。それに。

「正直に言うと、あの件に興味もある。不足の無い縁談が、どうして急に、破談になったのかなって。訳を知りたいと思うんだ」

その為、若だんなが案を出し、事は動き出した。長崎屋の妖達は、今度こそ勝利を手にし、喜びたいのだ。場久とて、高座《こうざ》に出る日を、それは楽しみにしているに違いない。

「はは、まあそうですが」

「だけどさ」

若だんなは、上も下も分からない暗闇の中で、己のつま先の方へ目を向けた。

「今度の話で、一番危《あや》ういのは、私だって思ったんだ。ある日急に具合が悪くなって、寝込む気がしてきたんだ」

寝込んだら、謎解きどころではない。兄や達は、若だんなをもう謎には巻き込むなと、妖達に、びしりと言いそうだ。いや、若だんなは謎解きをしたくても、寝床《ねどこ》から頭を上げる事も出来ないだろう。

「そんな事が、明日にも起こりそうで、怖くなった。皆の楽しみを潰《つぶ》してしまうと思って、自分が嫌《いや》になった」

いつもの事なのに、そんな風に考えてはいけない、大丈夫だと、笑い飛ばせなかった。大急ぎでたっぷり寝ようとしたら、却《かえ》って眠れなくなり、寝床で転がって、鳴家達を起こしてしまった。

「きゅんべ？　きゅい、きゅう……」

撫《な》でたら鳴家は寝たが、自分は寝付けないと思っていた。だが……気がついたらこの闇の内にいたので、寝ていたらしい。

ただし、見たのは悪夢だったが。

「でもここで、場久に会えて良かったよ。ほっとしたな。きっとこの後は、この夢の内も楽しめそうだ」

「ははっ、悪夢を楽しめたら、若だんなは強者《つわもの》ですよ」

せっかく会ったので、暫く話しますかと言いかけたが、場久は急に言葉を切った。そして、方角など分からない闇の一点へ目を向けると、若だんなを振り返り、暫くお静かにと言ってきたのだ。

無言で頷き、闇の果《は》てへ顔を向けると、やがて、人の言葉が聞こえてくる。

(あっ、きっとこれ、別の悪夢だ)

悪夢を食べる獏、場久の所に寄ってきたのか、場久が近づいていったのかは分からない。ただ獏に食べられ、消えて欲しいような言葉が、幾つも耳に入ってきた。

「ああ、やだやだ。わたし、本当の事を言っただけなのに。なのに、わたしが話したと分かったら、きっと周りから、悪《あ》し様《ざま》に言われてしまうんだ。ああ、嫌」

その内、声の主《ぬし》の姿が、闇の内にぼんやり浮《う》かび上がってくる。若だんなには、それが夢の中の光景なのか、それとも当人の姿なのか、とんと区別がつかなかった。

その、おなごの影のように見える姿が、また語り出した。

「でも、事を隠しているのはずるいわ。皆が言うほど、優しい人じゃないのに」

その口調には、人の事を心配しているというより、怒りが含まれている。おなごの夢が、なぜ悪夢になって獏の元へ現れたのか、若だんなには分かる気がした。

おなごの姿は、更に語り、やがて、一つの言葉を繰《く》り返し始める。

「あの子に来た幸運、わたしの方へ回って来ても、良いと思うのに。いえ、きっと回って来る。来なきゃおかしいの。来なきゃおかしいの」

若だんながいない時は、獏はいつ、悪夢を食べているのだろうか。とんと分からなかったが、もう新しい言葉が紡《つむ》がれなくなった所で、眼前のおなごの姿が揺らぎ、その内突然、ふっと消えた。

「何だか、はっきりしない夢でしたね。まあ、こういう事は、多いんですが」

場久が食べるのは悪夢だから、どれにも、恨《うら》みがましい気持ちや、嘆《なげ》き、怒りなどはあるという。だが話の筋は、見えない事が多いらしい。

「繋《つな》ぎ合わせても、寄席では話せないものも多くて。正直な所、意味の繋がらない話は、あたしにとってもつまらないです」

若だんなは頷き、話を継ごうとしたが、ここで慌《あわ》てて口元を押さえた。気がつくと、次の悪夢が直ぐ側に、湧いてきていたのだ。

今度の悪夢は、最初から形を取っていた。しかも人の影だけでなく、場所も浮かび上がっており、声も聞こえてくる。

「ああ、うんざりする。怒ることは、ないじゃないか。私が悪いのかな。だってさ、気が落ち込んでいたんだもの」

だが周りの皆は、喜んでくれている。その気持ちをむげには出来ない。

「愚痴を言ったら、嫌な性分《しょうぶん》だと思われてしまうものねえ。そんな事をしても、良い事など一つも無いよ。でも……」

その声と共に、外廊下《そとろうか》のような場所に、男と若いおなごの影が見えてきた。若だんなが、若いおなごだと思ったのは、だらりとした帯の結び方が、若い娘が締《し》めるものであったからだ。

「気持ちを吐《は》き出さないと、やっていられない。聞いてくれたって、いいと思うのに」

この辺りで話は途切れ、聞こえなくなる。するとそこに、更に別の声が重なった。場久が傍らで、眉を引き上げた。

「今日は、何なんだ？　一度に、こうも多くの悪夢が現れて来るって、妙な感じですよ」

もしや、集まった悪夢同士が繋がっており、それで一度に来たのだろうか。場久はそうつぶやくと、三つ目の悪夢を見ている。その夢に現れたのは、おなごの影であった。

「怒られちゃったわ」

ふふふと、奇妙な調子で笑う声が続いた。

「あっちからもこっちからも、怒られちゃった」

こうも多くの人から叱《しか》られるのは、初めての事であった。

「でも、こんな話に行き着くなんて、思わなかった」

小さな溜息が続き、おなごの影はここで、静かになった。すると今度は、二つ、三つ、夢が一度に現れてきたのだ。

「わたしのせいじゃないわ。だってわたし、騒《さわ》ぎを起こす気なんてなかった」

この夢は形を結ぶ事もなく、直ぐに闇に紛《まぎ》れてゆく。そこに、男の声が重なった。

「何で、こういう話になったのやら。ああ、気が重い」

「何ででしょうね。ああ、溜息が出るねえ」

場久が顔を顰《しか》めている。

「何だか、悪夢の言葉が重なってますね。やっぱり、こんなに一度に集まってきた夢は、繋がりがありそうだ」

今夜の夢から覚めたら、どういう話なのか、一度考えてみなければならない。場久がそう話している内に、後の方で現れた夢が、形を崩《くず》して消えてゆく。

場久はここで若だんなの方を見ると、そろそろ寝床に戻って下さいと言い、優しい顔をした。

「若だんなは今夜の悪夢を、今、面白がってますね。つまりこの夢、もう悪夢じゃなくなってきたので、あたしの中から消えます」

きっとこの後は、ぐっすり眠れますと、場久が続ける。その姿が早々にぼやけて来ると、若だんなは離れに戻るのだと分かって、ゆっくりと闇の中で目を閉じた。

4

若だんなは後日、屛風のぞきを連れて、久しぶりに三春屋へ行き、栄吉と辛あられの新作について語った。

相性の問題なのか、栄吉は今も、餡子《あんこ》作りが大層《たいそう》うまくなったとは言えない。ただ、辛あられは変わらず売れ続けており、友は少し変わったと若だんなは思うのだ。

(栄吉は今、三春屋の商《あきな》いを背負ってる。だからかな、周りの態度が前とは違うんだ)

自信がついたせいか、栄吉は見た目もちょいと、変わったのだ。

「栄吉さん、背が伸びましたかね？」

屛風のぞきもそう口にして、首を傾げている。友は前と、背丈《せたけ》は変わらない筈だが、押し出しは良くなっている。そして今回の話も、喜んで受けてくれた。

「若だんな、新作の辛あられを、一軒家で試しに食べてもらおうって話、いいね。うん、沢山作って売る前に、買い手に考えを聞けたら、嬉しいよ」

今度の辛あられは、辛い味に工夫をし、柚子《ゆず》の皮は多めに入れると言うので、屛風のぞきまでが嬉しそうにしている。

「そりゃ、今から食べるのが楽しみですよ」

こうして若だんなの支度《したく》の方は、至って上手くいった。しかしその後、屛風のぞきと二人で、三春屋から一軒家へ回ると、二人とも首を傾げてしまった。

一軒家には場久とおしろがいたが、猫又は二股になった尻尾を左右に振って、部屋にある長火鉢の傍らで、眉を顰《ひそ》めていたのだ。

「おしろ、どうしたの？　お照さんに、一軒家には来られないって言われたの？」

若だんなが部屋に入り、火鉢の近くに座ると、茶を淹《い》れながら、場久が事情を語り出す。

「若だんな、前回のお稽古の後、おしろさんはお照さんに、新作のあられを食べてくれないかと、聞いてくれたんです」

お照は快《こころよ》く、楽しみにすると言ってくれた。お照に付いてきていたばあやも、是非考えを聞かせて欲しいと言われると、嬉しそうにしていたという。

屛風のぞきは、反対側に首を傾げる。

「あん？　良かったじゃないか。なのに、どうして眉間《みけん》に皺《しわ》を刻んでるんだ？」

「それが……途中までは、考え通りに話が進んだんですがねえ」

ところが、お照が帰った後、辛あられの話は、思わぬ方へ向かった。

「お照さんが帰った、次の日の事です。お稽古に来た娘さん二人、お六さんとお八重さんが、自分達も新作あられを食べてみたいと、言い出したんです」

どうやら二人の母親は、お照のばあやと知り合いで、そこから話が伝わったらしい。おしろは魂消《たまげ》たが、お照だけに食べてもらう言い訳を思い付けず、承知するしかなかった。

すると二人の後、稽古をする筈だった者が、その話を聞きかじった。そして気軽に、自分もあられを食べたいと言い出したのだ。

「おや、人数が増えちまったね」

だがなに、三人増えても何とかなるだろうと言い、屛風のぞきが茶をもらっている。しかしおしろは、ひゅんと尾を振った。

「それがね、増えたお客だけど、三人じゃ済《す》まなかったのよ」

お照が家で親へ、辛あられの事を告げると、兄の弥十郎《やじゅうろう》が、自分も行くと勝手に決めた。

「一度、お照さんのお稽古場を、見ておきたかったんですって」

若だんながおしろへ目を向け、眉尻を下げる。

「お照さんの身内じゃ、断れないね」

「ええ、弥十郎さんの事は仕方がないんですよ。でもね、この話、まだまだ続くんです」

弥十郎は何と、己の友も伴《ともな》う事にしたのだ。

「えっ？　おしろに断り無く、決めちゃったの？」

「若だんな、そうなんです。何人来るのか、分からなくなってきました」

するとその事が、更に思いもかけない話へと、繫がった。若い娘達と、息子らが集うと聞き、自分達もあられを食べに行くと言い出した者が、出て来たのだ。

「おやま、誰が来るって言ったんだい？」

「それがね、婚礼前の人が集うと聞いて、お照さんの仲人だったお人が、是非来たいと言い出したんですよ」

「仲人！　そういう御仁《ごじん》が来る事は、考えなかったな」

若だんなが目を見開くと、一軒家に付いてきた鳴家達が、きゅい、きゅわ、誰なんだと首を傾げている。場久が唸《うな》った。

「このお江戸じゃ、縁を取り持った仲人は、持参金の一割を貰えますからね。娘や息子が集う会は、稼《かせ》げる場になるかも。そりゃ来たいでしょう」

おしろが、深く息をついた。

「でもまあ、お照さんの仲人さんなら、上手くいけば、破談の事情が聞けるかも知れません。だから、ありがたいと思う事にしました」

ただ、一軒家へ若者達が集う話が伝わると、他の仲人も、顔を出したいと言い出したのだ。そしてもはや誰も、一軒家へ許しを得に来なかった。

「人が増えたんで、一軒家の会が、気軽なものに思えたみたいです」

若だんなと妖達は、目を見合わせた。おしろが、尻尾を垂《た》らす。

「もちろん、あたしは言ったんですよ。一軒家はそう広くはない。だから、気軽に人を誘っては困るって」

だが、しかし。若だんなと屛風のぞきにも、その先は分かった。

「話はきっともう、思いもかけない方まで、伝わっているかも知れないよね」

そして一軒家は、大店《おおだな》の離れとは違い、長屋の側にある。つまり、簡単に家まで来る事が出来るのだ。

「新作あられを試す日、一軒家の周りが、人だらけになりかねないわけか」

この話には若だんなも、苦笑を浮かべるしかなかった。しかも今回の会は、話を聞きたいと、こちらから持ちかけている。ゆえに、今更止めるのは難しかった。

若だんなは笑うと、ならば栄吉に、持ってきてもらうあられを、増やしてくれるよう頼むと口にする。新作を、二作にするのも良いかもと、続けた。ただ。

「こうも人が増えると、破談の訳をお照さんへ問うのは、難しいかも知れないね」

知り合いが多く来ている真ん中で、上手く行かなかった嫁入りの話を語りたいおなごは、いないからだ。

しかも破談の後だから、お照は新作あられのお試し会で、あれこれ聞かれ、嫌な思いをするかも知れない。

「そりゃ、あたしら妖は、お照さんの件で賭けをしました。でも、お照さんの為にもなると思って、一軒家へ招いたのに。申し訳ない事になりそうです」

「おしろさん、せめて破談後の気晴らしになるように、楽しい会にしましょう」

場久の言葉に、若だんなも頷く。

「長く一軒家にいると、余分な事を言う人も、出てくるだろう。来た順に、直ぐに食べてもらって、話を聞いたら帰ってもらおう」

そうすれば、栄吉が知りたい新作あられの評判も、ちゃんと分かる筈であった。

「こりゃ今回も、賭けの勝負は付かないかも。でも、また皆で鍋でも食べようね」

「きゅい、きゅわ」

小鬼達が楽しげに鳴いたので、若だんなはほっとする。そして、あられを多くの人達へ手早く配るやり方を、妖達と話し始めた。

5

栄吉の新作あられは、柚子味の辛あられと、梅味の、余り辛すぎない品に決まった。あられは作り置きが出来るから、栄吉はきちんと前日に、頼まれた量を一軒家へ運んで来てくれたのだ。

ところが。当日になると、新作あられを試してみる会は、とんでもないものに化《ば》けてしまった。

人の声に驚き、長崎屋の母屋から飛んで来た佐助が、一軒家へ来た人数の多さに目を見開いた。

「若だんな、どこにおいでですか？　ああ、人が多すぎて、集った者達の中に埋《う》まってる。若だんなっ」

程《ほど》なく見つけ出すと、佐助は若だんなと、その袖内《そでうち》に避難していた小鬼達を、こういう時でも余裕の顔をしている貧乏神に託《たく》した。

「おたえ様や、仁吉と相談してくる。何が何でも、私が帰ってくるまで、若だんなを守っていてくれ」

それにしても、あられを食べられるからといって、何でこんなに人が集まるのか。佐助の顔つきが怖くなった。

「ひゃひゃひゃっ、まだまだ人は増えそうだねえ」

佐助は母屋へ取って返し、おしろや場久は、とりあえず来た者達に、新作のあられが入った袋《ふくろ》を渡していた。だが、あっという間にそれは無くなってしまう。

若だんなは、慌てて妖達を呼んだ。

あられを抱えて戻って来た。


「屏風のぞき、鈴彦姫、いる？　三春屋へ行って、売り物の辛あられを、全部貰ってきて」

代金は後で払うと言うと、二人は近くの菓子司《かしつかさ》へ駆《か》けてゆく。そして直ぐ、栄吉と一緒に、あられを抱えて戻って来た。

一軒家の表を見て、栄吉が魂消た声を漏らした。

「若だんなっ、この凄い人達は、どうしたんだい？　若い人が、そりゃ多いけど……まさか、新作あられを食べて貰うために、こんなに人を呼んだんじゃないよね？」

「最初に呼んだのは、一人だけなんだ。それが、直ぐに四人になって、更に増えてった」

おそらく仲人が絡んでいるのだと言うと、栄吉が呆然《ぼうぜん》とつぶやく。

「縁談絡みなのか？　ならその、うちのあられを渡しても、帰るようには思えないんだけど。これから、どうするの？」

「味見という事で、来てもらったんだ。とにかくまず、あられの袋を渡す」

そうすれば集まって来た者達に、帰宅を促《うなが》すことが出来る筈と、若だんなは考えた。

「今日の用は、あられの事だけだから」

妖達は一軒家の板間で、直ぐに小袋を配る組と、大きな箱に入ったあられを、小分けにする組に分かれた。

「きゅんいーっ、鳴家も食べるっ」

だが。

あられを配り、今日の集いは終わりですと言っても、おなごも若い者達も、いや大人までもが、一軒家の辺りから帰らないのだ。見れば何故《なぜ》だか、若者の身内のような大人までが、姿を見せていた。更に人が増えてゆく。

しかし、周りにあるのは長屋という場所だから、大勢がゆっくり出来る所がない。住んでいる者達から胡散臭い目で見られるようになって、おしろや場久が顔を強ばらせた時、佐助が、仁吉と共に戻ってきた。

そして若だんなへ、小声で話をしてくる。

「新作あられの味見に、思いの外《ほか》、大勢が集って困っていると話しましたら、おたえ様が、様子を見て下さいまして」

「おっかさんが？」

「おたえ様は、若いお客がそれは多い中に、知った顔が何人も居ることに、気づかれたんですよ」

それは、仲人達であったのだ。

「あの、来ると言ってた仲人さん、分かってるのは二人だけだよ」

「若だんな、おたえ様は少なくとも五人、仲人を見つけたんです」

おたえはそれを知って、一軒家から人が引かない事情を考えた。

「最初仲人達は、若い娘御と、お店の息子達が集まるというので、顔を出してきたのでしょう。けれど今は、それが逆さまになったのではと、おたえ様は言っておられました」

「逆さま？　ひゃひゃっ、どういう事だい？」

金次が横から話してくる。

「つまり、仲人が集う場で目にとまれば、良き縁談が舞《ま》い込むのではと思った御仁が、いたってことだ」

こんなに若い者達ばかりが集っているのは、ここが縁談の場になったからではないかと、おたえは話していた。

「お見合いの場所？　一軒家が？」

「見合いというより、見合い話を摑《つか》む場所、という位置づけでしょうか。親御方《おやごがた》は余り来ていませんので、ここで縁談を決めるのは無理ですよ」

皆、縁組みの話には興味津々《きょうみしんしん》なのだ。誰と添《そ》うかで一生が変わる事を、若い皆は承知している。

「ひゃひゃっ、一見良い縁談に見えても、実は貧乏くじって事も、あるからねえ。まぁ、そんな事は言われなくても、皆、重々承知か」

貧乏神はにっと笑うと、若い者達と仲人を見る。これが明日を賭けた集いなら、あられを貰っても、帰りはしなかろうというのだ。

「それは、そうだろうね。でも、このまま一軒家を、人の山にしてはいられないよ」

人が集まり過ぎ、一軒家の内や、その周りでは場所が足らなくなっている。既《すで》に道や長屋の路地などへ、多くが入りこんでしまっているのだ。じきに周りの大家などから、文句が来そうであった。

一軒家は長崎屋の家作《かさく》だから、下手をしたら長崎屋の方へ、文句が来かねない。

「どう始末を付けたら、いいのかしら」

「若だんな、大丈夫です。おたえ様が、旦那《だんな》様と話をなさいまして。旦那様が今、西本願寺《にしほんがんじ》へ向かっておいでです」

「に、西本願寺？　何でお寺が出てくるの」

西本願寺は長崎屋から見ると、南東の方角、海近くにある大きな寺だ。境内《けいだい》は、町人の町ならば幾つも飲み込める程、広かった。

「おとっつぁんは、お寺へ何しに行ったの？」

藤兵衛とおたえが、どういう始末の付け方をしたのか、話をここまで聞いても、若だんなには分からなかった。

するとそこへ、佐助と共に一軒家へ来ていたが、寸《すん》の間離れていた仁吉が、若だんなの傍らへ戻ってくる。

「若だんな、もう心配要《い》りませんよ。仲人達と話が付きましたから」

「話って、何のこと？」

「おたえ様と旦那様は、一軒家に人が集ったのは、良縁を求めての事と考えたんです」

となれば、一軒家以外の場で縁が得られるのなら、皆、そちらへ行くと言ったのだ。仁吉は、にこりと笑った。

「それで旦那様は、寺と話をする為、西本願寺へ行かれました。旦那様は、一軒家へ集ったお客方へ、こう伝えて欲しいと言われたんです」

若い方々が、長崎屋の家作へ来て下さったので、お礼をしたい。ついては、四半時《しはんとき》ほど離れた場所にある西本願寺で、ご祈禱《きとう》をして貰えるよう、長崎屋が手配をしたと。

「よろしかったら、良縁を掴む為、西本願寺へお行き下さい」

仁吉は集っていた皆に伝えた。

「寺では程なくして、良縁祈願のご祈禱をするとのことです。もちろん、祈禱に掛かる金子は、長崎屋持ちです」

仁吉の一言は、手妻《てづま》のごとくであったらしい。一軒家に来ていた皆は、祈禱に遅れまいと、急ぎ南東に向かったのだ。

「道を間違えないよう、仲人方に、若い方々を連れて行って頂きました」

「えっ、じゃあ」

兄や達の話を聞いていて、若だんなは急ぎ家を見た。すると、あれほど溢《あふ》れていた人が、見事に消えていた。妖達と栄吉が、狐《きつね》につままれたような顔で、静かになった一軒家の表にいたのだ。

「一体、今日の騒ぎは、何だったんだろう。とにかく、さっぱり味見の会には、ならなかったね」

そう言って笑い出した栄吉に、仁吉がまず、長崎屋の不手際《ふてぎわ》を詫《わ》びる。そして小袋を差しだし、今日届けてもらった、辛あられの代金だと告げたのだ。

「仁吉、栄吉への支払は、私がするよ。私と一軒家の皆が、始めた事だし」

若だんなは慌てて言ったが、金子の出所《でどころ》はおたえだと、仁吉が告げてくる。

「若だんな、おたえ様がお出しになったのですから、御納得下さい。若だんなのお小遣《こづか》いは、他のお楽しみに使えばよろしいかと」

栄吉が笑い、過分な額だが、ありがたく受け取ると言っている。

「長崎屋のご両親、相変わらず優しいね」

栄吉はそれで帰ったが、新作のお試しは真面目に考えていたので、若だんなは上手くいかなかったと溜息をつく。するとおしろが、最初の内は新作あられの感想を、ちゃんと紙に書いて貰っていたと言い出した。

「数は少ないかも知れませんが、元々、沢山のお人に、来ていただくつもりじゃなかったんです。その感想、栄吉さんに後で届けたら、喜んでくれると思いますが」

「それは、ありがたいや」

あられの感想は、文箱《ふばこ》に入れておいたというので、表にいた皆は、一軒家へ戻り、一服しようという事になった。すると、その時になって、台所のある手前の土間にまだ何人かが残っていると、若だんな達は気がついた。

「あれ？　そちらさんは、西本願寺へ行かないんですか？」

もちろん、祈禱に興味が無いなら構わないが、珍しい事だとも思う。皆は、土間にいる客達へ目を向ける。すると若だんなの横でおしろが、驚いたような声を出した。

「まあ、お照さん、一軒家に残っていたんですか。あら、お六さんとお八重さんもいるのね」

最初に一軒家に来ることになったおなごは、三人揃っていたのだ。そして直ぐに、首を傾げた。

「あの男の方は、どちら様かしら。知らないお人だわ」

若だんな達が戸惑《とまど》いつつ、土間にいる若者を見つめると、男は己から名乗ってきた。

「手前は、深川にある山堀屋《やまほりや》の息子で、忠五郎《ちゅうごろう》と申します」

「山堀屋の忠五郎さん？」

聞いた事のない名前であった。

しかし深川と聞いて、思い付いた名もあった。

6

「その、深川という名は、どこかで聞いたような……」

するると、ここで返事をしたのは、忠五郎ではなくお照であった。

「こちらにおいでの、山堀屋忠五郎さんは、私の縁談相手だったお方です。先日、破談になったお相手ですわ」

「あ、あらま」

大層分かりやすく言ってくれたのは良いが、破談という言葉で終わったので、鈴彦姫が返す言葉に詰まっている。だが。

「御名《おな》が分かったはいいが、一軒家へ来た事情は語られていないなぁ。で、お兄さん、どうして来たんだい？」

ここで、人とは違う妖の率直さを出し、屏風のぞきが真っ正面から問うたのだ。寸の間、忠五郎は口を引き結んだが、その内眉尻を下げ話し出した。

「実は今日、破談の訳を問いに来ました」

「はい？」

「長崎屋の若だんな、今日はこの一軒家に、若い人達が集うと、話を耳にしたのです。お照さんも来るとの事でした。私の立場では、今日しか話せる機会は無かろうと、思い切って深川から来ました」

おしろがここで、低い声を出す。

「あの、小島屋さんとの縁談は、山堀屋さんの方から、破談にしたと聞いておりますが」

それ故《ゆえ》、お照の縁談がどうして急に壊れたのか、多くの者が不思議に思ったのだ。

「ええ、うちの両親が小島屋さんへ、断わりを入れた事は承知しております。それで」

自分の縁談であったから、突然の破談の訳を、忠五郎は親へ問うたのだ。しかし父親は黙っているし、母親は、お照は家風に合わないからとだけ言い、話を終えてしまった。

「後でまた聞いても、その話は終わったと言うばかりで、どうにもなりません。ですが親も、小島屋さんにはちゃんと事情を告げているだろうと、こうして聞きに来た次第でして」

それで、客達の多くが西本願寺へ向かった時、お照に頼み、一軒家に残ったという。話す機会が来たと思ったのだ。

妖達は頷いているが、若だんなはここでふと、勝手口近くへ目を向けた。

（あれ？　なら何で、あと二人残ってるんだろう？）

お照と忠五郎が、土間にいる事情は分かったとして。一軒家には、おしろの弟子、お六とお八重までが残っていたのだ。

（お照さんと忠五郎さんが残ったんで、興味津々、二人の話を聞こうと思ったのかしら）

ただ、お照も西本願寺へ行ったと思ったのか、ばあやの姿は見えない。だからお照が一人になる事を案《あん》じて、二人も残ったという事も考えられた。

（でも、お照さんと二人が、そこまで仲が良いとは、聞いてなかった気がするけど）

だが若だんなが、更に考える前に、一軒家の内がざわついた。この時、何とお照が、破談の事情を忠五郎が知りたいのなら、話しますと言ったのだ。

「えっ、その謎って……皆が今、追ってるものだよな。つまり、我らの勝負の、答えを言っちまうのかい？」

「屛風のぞき、きゅんげ？」

気がつくと謎解きは、謎を承知の本人が、訳を語るという、とんでもない成り行きとなり、誰も勝てずに終わろうとしていたのだ。

しかし、それでも長崎屋の面々は、一軒家から離れ、憂《う》さ晴らしに行く事が出来ない。皆、破談の原因を知りたくて、動けなかったのだ。

お照がここで、そういえば兄の弥十郎も来ていた筈だが、姿が見えないと、ふと言った。

「ばあやも居ないから、一緒に西本願寺へ行ったのかしら。後で、迷子になっては駄目と、叱られそうだわ」

「お照さん？」

「忠五郎さん、今回の破談の訳ですけど。実は兄、弥十郎の縁談が関わってたんです」

「お兄さんの、縁談が？」

お照が先を語っていった。

「私は三人兄妹《きょうだい》です。兄が二人おり、末っ子が私。小島屋の両親は、弥十郎兄さんと私の持参金を、早くから貯《た》めていたようです」

弥十郎がお照より六つ程年上だったので、婚礼が重なるかもしれなかったからだ。するとやはりと言うか、縁談は、ほぼ同時にやってきた。

「弥十郎兄さんは、縁があって千住《せんじゅ》の宿屋から、婿《むこ》にと望まれたんです」

千住は江戸四宿《ししゅく》の一つで、奥州街道《おうしゅうかいどう》や、水戸《みと》街道の出発点だ。日光《にっこう》、東北方面への旅人で賑《にぎ》わってもおり、宿場町《しゅくばまち》ではあるが、家も人も店も、それは多い場所だと聞いた。

「相手方は大きな店で、商いも順調。次男の婿入り先としては願ってもない所だと、親は喜んでます。縁談が来た時、兄自身も、自分は幸運だと言っておりました」

そしてその縁談が決まって程なく、今度はお照に、深川の山堀屋から縁談が来たのだ。

「こちらの縁も、両親は喜んでくれました。ただ小島屋では、二つ縁談が重なったので、支度にも時が必要でした」

兄妹の縁談は、ゆっくりめに進んでいたのだ。そしてこの事が、後の揉《も》め事に繋がったと、お照が言う。

「弥十郎兄さんは段々、溜息をついて、私にこぼすようになっていったんです」

「実は縁談が、嫌だったんですか？」

忠五郎が問うと、お照は首を横に振る。

「兄さんは、相手の方も相手方の店も、大事にしたいと言ってました。ただ」

お照は一度、言葉を切ってから続けた。

「ただ婿入り先が、遠い千住だという事が、気に掛かってきてしまったようです」

「えっ、気になったのは、場所？」

屏風のぞきや場久が、目を丸くしている。

千住が賑やかな所だという事は、弥十郎も分かっていた。宿屋をやるなら、本当に良き場所なのだ。だが、それでも。

「千住は、町奉行《まちぶぎょう》の支配に属した江戸、つまり御府内《ごふない》ではありません」

華やかな通町《とおりちょう》からは遠い地で、小島屋からも、共に育った友からも、馴染みの店からさえ離れた、知らない町なのだ。

「婿入りしたら、まず家の中を見て回り、近所の道を覚える事から、始めなくてはならないでしょう。ええ、周りには親も幼なじみも、いなくなります」

大人になってから、友と呼べる相手を、作り直す事になるのだ。婿入りだから、相手方の親や、奉公人達や、町の者にも気を遣うだろう。祭りや寺社とのつきあい方も、一から学び直しだ。

「家を離れるのは、確かに寂《さび》しいでしょう。私は兄を慰《なぐさ》めてました。親や長兄《ちょうけい》には、不安な気持ちをこぼし辛かったようで、兄は私にばかり、愚痴を重ねてました」

しかしそれでも弥十郎は、婿入りを止める気は無いようだった。婿に行けなければ、いつかは跡《あと》を取る長兄のお荷物になり、嫁取りも難しい。婿に行くより、辛い日々が待っているからだ。

「でも私も、嫁入り支度が忙しくなってきまして。兄の愚痴を、聞き続けている訳にもいかなくなったんです」

すると弥十郎はある日、店の奥でお照を呼び止めると、情が無いと責《せ》めてきた。不安な弥十郎の気持ちを、もっと考えろと言いたてたのだ。その言い方が、きつかった。

「それで、思わず返しちゃったんです。もう何十回も、同じ事を聞いてますよって」

途端、弥十郎から頰《ほほ》をはたかれた。簪《かんざし》が落ちて、驚いたのを覚えているという。

それで。お照が真っ直ぐに、忠五郎を見た。

「私も、兄の頰を打ちましたの。ぺちって音がしました」

「打った？　兄貴を、かい？」

金次が、にやりと笑った。忠五郎は、目を丸くしている。

「そして、はっきり兄へ言いました。家から出るので、不安なのは分かる。けど、ほとんどのおなごは、嫁入りの時に家を離れるんだって」

「あら、その通り」

おしろが、頷いている。

「おなごが、家から離れた所へ嫁入りしたくないって言ったら、親から叱られてしまいます。良い縁談が来なくなるって。嫁に行かない気かとも、言われるでしょう」

そうそう都合の良い相手が、近所に居るとは限らないからだ。お照の友も当たり前のように、離れた場所へ嫁いで行ったし、その縁談が大変だとは誰も言っていなかった。

「兄さんは、私から打たれた事に、暫《とつ》く呆然としてました。でもじき、私も家を離れるんだなって口にすると、馬鹿をして済まなかったと謝ってくれたんです」

そして、先々《さきざき》妻を大事にして、千住の地に馴染むようにするとも言った。お照と同じく弥十郎も、とうに腹はくくっていたのだ。

「私、その言葉を聞いて、ほっとしました。兄さんは大丈夫、千住でもやっていけると思います」

小島屋の奥であった弥十郎との揉め事は、そこで終わった。お照も兄に謝り、その件は、早々に忘れていたのだ。

ところがある日、深川の山堀屋から、驚くような知らせが舞い込み、弥十郎との揉め事を、思い起こす事になった。

「私との縁談は破談にしたいと、お話が来ました。兄の顔を打つような、きついおなごは、山堀屋の一人息子の嫁には、出来ないとの事でした」

一番驚いたのは弥十郎だったと、お照は続ける。事情を話し、些細《ささい》な兄妹喧嘩《げんか》であったと、親へ訴《うった》えたのだ。

だが小島屋夫婦は、妙な噂が広まって、弥十郎の縁談にまで障《さわ》りが出る事を案じ、お照の縁談を急ぎ終わりにした。そもそも、小島屋に子細《しさい》を聞きもせず、いきなり破談を突きつけてきた山堀屋のやり方に、二親《ふたおや》は腹を立てていたのだ。

お照は、破談の話を締めくくった。

「山堀屋さんとのご縁は、そうやって終わりました。山堀屋のご両親が、なぜ忠五郎さんへ事情を話さなかったのかは、こちらには分かりません」

そして、最後に付け加える。

「兄と揉めたのは、小島屋の店奥です。そこでの話が他へ伝わった事に、私は驚いております」

だがその事情ばかりは、兄も親も、分からないままなのだ。お照は忠五郎へ頭を下げると、ご健勝《けんしょう》でと続けた。

日々の用は、歩ける内で終わる事が多い。深川に住む者と、通町の者では、そうそう会う事もなかった。

「今日、お話が出来てようございました」

忠五郎は、一度天井《てんじょう》を向いた後、何かを言いかけて止め、結局お照に礼を言うと、それで言葉を終えた。そののち、近い船着き場から舟に乗り込み、忠五郎は静かに一軒家を離れていったのだ。

気がつけば、騒がしい一軒家の一日は、終わりとなっていた。

長崎屋の賭け事も、妖達の鼻先で、綺麗《きれい》に終わってしまった。

7

その日の夕餉時、長崎屋の離れに妖達が集った。若だんなと屏風のぞき、おしろ、金次、場久、鈴彦姫に小鬼で、少しして母屋から、夕餉の汁物《しるもの》を持ってきた佐助も加わった。

そして、またもや謎解きが失敗した事と、お照が二つ目の謎を背負った事を、話す事になったのだ。

夕餉は、鮪の生姜《しょうが》醤油漬けを焼いたものと、味噌汁、飯に漬物で、離れの食事にしては軽かった。

まずはおしろが、お照が破談になった訳を、もう一度語った。

「お照さんは、兄さんと兄妹喧嘩をして、店奥で兄の頬を、ぺちりとやったんです。ええ、その前に兄さんから打たれているとはいえ、外聞《がいぶん》の良い話じゃありません。嫁入り前の、娘さんですからね」

そして、その件が山堀屋の耳に入ってしまい、お照は嫁に相応《ふさわ》しくないとされたのだ。この件は、お照自身が子細を語ったので、長崎屋の妖達はまたしても、誰も謎解きの勝者とはなれなかった。

勝者への褒美を手に入れ損《そこ》なった場久が、おしろの横で、そっと溜息をついている。

「お照さんの、破談の事情は分かりました。ですがこのおしろには、一つ引っかかる事があります。どうして小島屋さんの店奥で起きた兄妹喧嘩が、深川にある山堀屋さんへ伝わったのかという事です」

深川は、通町から随分《ずいぶん》離れた、隅田川《すみだがわ》の東側にある。噂が何となく伝わるような、場所ではないのだ。

「おそらく誰かが、店奥で起きた兄妹喧嘩の事を、わざわざ深川の、お照さんの縁談相手の家へ伝えたんだと思います。根性悪《こんじょうわる》がいたもんだわ」

おしろは不機嫌そうに言い、ぽりぽりと、夕餉の沢庵《たくあん》を嚙《か》む。するとその間に、屛風のぞきが語り始めた。誰かが小島屋の件を噂したのは確かで、付喪神《つくもがみ》も同意する。ただ。

「あたしは山堀屋の行いも、少し引っかかってんだよ」

すると若だんなも、頷くことになった。

「屛風のぞきが、山堀屋さんを妙に思った訳、分かる気がするな。だってね」

おしろが言ったように、山堀屋は遠方にある店だから、たまたま噂を拾ったのではない。誰かが持ち込んできた話を聞いたのだ。

「そして、だ。小島屋さんを怒らせると分かっていた筈なのに、その噂が本当なのか確かめもせず、破談にしたんだ」

山堀屋夫婦は、店奥で起きた揉め事の話を、聞いたままの形で受け入れているのだ。更に、嫁をもらう当人の忠五郎と、破談について前もって話し合いをしていない。

佐助が片眉《かたまゆ》を引き上げた。

「確かに、こうして若だんなの話を伺うと、どうも山堀屋のやり方は妙ですね」

これではまるで、己で整えた縁談を、自ら壊したがっているようではないか。

「山堀屋は、お照さんが端《はな》から、気に入ってなかったんでしょうか。それならどうして、縁談を持ちかけたんでしょう」

戸惑う佐助の言葉を聞き、またおしろが口を開いた。

「忠五郎さんは、許婚《いいなずけ》を気に入っていたと思うわ。破談になった訳を、わざわざ確かめに来ようと思ったんだもの」

もっとも何故今日通町へ来て、お照へ、事情を問うたのかと、おしろは渋い声で言う。自分だったら、破談になった相手に事情を問うより、くり返し親に訳を聞くのだ。

「その方が、気持ちが楽です。川を渡らずに済むし」

するとだ。ここで貧乏神の金次が、にたぁと、それはそれは怖い笑い方をした。おかげで一気に離れの内が寒くなり、若だんなが凍《こご》えると言って、佐助が金次の背を叩《たた》く事になった。

「あーっ、済まん。いや、面白い事を思いついたんで、気合いが入ってさ」

忠五郎は、お照だけでなく、もう一人会いたい相手がいたのではないかと、金次は言ったのだ。

それでわざわざ、隅田川を渡ったのだ。

「えっ？　誰ですか、その人？」

「鈴彦姫、そいつは深川にまで、嫌な噂を届けに行った、誰かだと思うな」

噂を伝えた事で、山堀屋と小島屋の縁談は破談になった。つまりその誰かは、山堀屋の主《あるじ》夫婦と会って、話している。店に上がったからには、まず奉公人に、どこの誰なのか名乗った筈だと金次は続けた。

「忠五郎さんなら、その誰かの名を承知している筈だ」

小島屋の奥の話を知っていたのなら、その誰かは、近所に住む者に違いない。忠五郎は、破談を引き起こした当人に、深川へ来て忠五郎の両親に話を伝えた事情も問いに来たのだろうと、金次は言ったのだ。

「ああ、祟《たた》ってやりたい相手の名が、分かりそうだな。うん、気合いが入るじゃないか」

すると場久が、忠五郎は、お照と話した後直ぐ、深川へ舟で帰ったと告げる。

「あの後、誰かと会う事はなかった筈です」

「なら今日、一軒家に集まった者の中に、お照さんを陥《おとしい》れた者がいたんだろ。そういやぁ忠五郎さんは西本願寺へ行かず、一軒家に残ってたね」

つまりお照と話す前に、その誰かと語っていたのではないか。それで出立《しゅったつ》しなかったのだ。

「ひゃひゃっ、さあ相手は誰なのか、考えなきゃな。大詰めになってきたよ」

金次が言った途端、部屋のあちこちから、色々な名が挙がる。その内、お照の噂を摑めた者は、四人くらいしか思い付かないと佐助が口にし、皆が聞き入った。

「お照さんのばあやさんは、もちろん喧嘩の件を承知していたでしょう」

ならば親が、ばあやと知り合いのお六とお八重にも、話は伝わっていたかも知れない。喧嘩の件は当初、そう大事《おおごと》だとは思われていなかったからだ。

「そうなると、お照さんの兄である弥十郎さんの友にも、事は伝わったかもしれませんね」

ただしお照のばあやは、深川へは行ってないだろうという。お照の縁談に反対だったという話は、聞こえていない。

となると、残りは三人だ。お六かお八重、もしくは弥十郎の友だ。

さて誰だろうか。皆がしばし黙ってしまった時、聞きたいことがあると言って、若だんながおしろの方を向いた。

「おしろなら知ってるよね。お六さんとお八重さんの親御は、何をしてる人かな」

「お六さんは、居酒屋《いざかや》の娘さんです。お八重さんのおとっつぁんは、大工《だいく》ですよ」

ちなみに弥十郎には、千七《せんしち》という親しい友がいるが、この男は違うだろうとおしろが言う。千七の家も商家で、小島屋の直ぐ近くにある袋物屋《ふくろもの》だ。友の妹、お照の縁談を壊すような事をしたら、店の商いに差し障る程、近所で揉めてしまうことになる。

「お照さんは、近所で育った幼なじみです。もし千七さんがお照さんを好いていたなら、早めに縁談を持ちかける事はできました。話がまとまるかは、分かりませんが」

では残ったのは二人だと、場久は頷いた。

「噂を流したのが、お六さんかお八重さんだった場合、理由は考えつきます。お照さんと忠五郎さんとの縁談が、羨《うらや》ましかったからかも知れません」

習い事にゆく時、二人には、付き添いのばあやはいない。家に余裕がないからだろう。つまりは二人には、山堀屋のような大きな店からの縁談は来ないのだ。

「それで、お六さんとお八重さん。どっちが馬鹿をしたんでしょう？」

娘達は似たり寄ったりの立場で、答えが出ない。二人でやったのではという声も出たが、今回のような危なっかしい話で、二人が繋がる事情も見つけられなかった。

そして。

若だんなは、証《あかし》はないと言いつつ、お六だろうと言ったのだ。

「はて？　どうしてそう思うんだい？」

屏風のぞきが問うてきたので、若だんなは小さく肩をすくめた。

「だって、お照さんの話が出た最初の頃、金次が言ったから」

「えっ、あたしは何を言ったっけ？」

「お照さんの話を聞いていると、貧乏神として燃えるものを感じるとか、そんなような事を言ったよ」

そしてお照の近くに、貧乏神と出会うと、あっという間に店が傾くような馬鹿を、やらかした者がいるとも続けたのだ。

「だから、お照さんの側で馬鹿をしたのは、商人の家の人だ。つまりお六さんの方だろうと思う」

「あーっ、そっちから推測したんですか」

場久と屏風のぞきが笑い、鈴彦姫も頷く。

「なるほど、当たってると思います」

「何と、お六さんの仕業《しわざ》とは」

離れの中で、やはり嫉妬からやったのかと、声が続いた。

若だんなはここで、悪夢の内で聞いた、おなごの言葉を思い出した。

(わたし、本当の事を言っただけなのに)

確か、そう話していた。

(あの子に来た幸運、わたしの方へ回って来ても、良いと思うのに)

そうも言っていた。お六は、そんな思いの果てに、今回の騒ぎを起こしたのだろうか。

すると屏風のぞきが、もう一つ残っている謎を、続けて語ってゆく。

「一気に考えちまおう。なら山堀屋が、お六さんの嫌がらせに乗って、息子の縁談を破談にしたのは、どうしてだと思う？」

これには、なかなか返答がない。おしろや場久、若だんなが、思い付いた話を継いでいく事になった。

「あたし、山堀屋のおかみさんが、きつい性分の人だとしたら、思い付く話があるんですけど」

ただ、おかみがきついかどうかは、定《さだ》かではない。だから話は、おしろの思いつきになってしまうのだ。

「きゅい、聞きたい」

「じゃあ、言ってみますね。あたし、山堀屋のおかみさんが、早くも嫁いびりをしたんじゃないかって、思うんです」

今回は小島屋が怒ったので、破談になってしまったわけだ。

「ただ、小島屋さんの方に、何としても縁談を続けたい事情があったら、頭を下げたかも知れない」

そうなったら山堀屋のおかみは、嫁に、この先も大きな顔をしていられたのだ。

「は？　まだ婚礼の前なのに、お照さんを、いびってたって言うのかい？」

場久が魂消ている。若だんなは、頷けるかもと口にした。

「山堀屋さんは料理屋だから、毎日お客が山ほど来るよね。そういう店の息子や娘は、お客の縁から早々に婚礼が決まるって話を聞くよ」

しかし山堀屋の息子は、かなり離れた場所の同業から、嫁御を迎えようとしていたのだ。

「ひょっとしたら、忠五郎さんの縁組みが破談になったのは、今回が最初じゃないかもしれない。二回目でもないかも。山堀屋のおかみさんは、何度も破談を引き起こしてるのかも」

それで深川や本所《ほんじょ》からの縁談が無理になり、仲人が、通町にある小島屋との縁を考えたのではなかろうか。

「これも、証のない考えだね。でも、もし考えの通りなら、山堀屋のおかみさんがきつい性分だという話と、上手く繋がるんだけど」

ここでおしろが口元を歪《ゆが》め、少なくとも山堀屋が小島屋へ、礼に欠けた態度を取ったのは確かだと言う。

「おかみさんは、一人息子の忠五郎さんの事が、きっと大好きなんですよ。多分、亭主より大事なんだわ」

大店の一人息子だから、破談になっても、次があると思うのだろうと、おしろは続ける。前と同じだと思うからか、親は息子に、破談の理由を詳しく告げなかった。そして忠五郎もお照を前にして、最後はほとんど話が出来なかったのだ。

ここで佐助が、話を止めに入った。

「証も無いことを、話し続けても、答えは出ませんよ。すっきりしなくて、若だんなが病《やまい》になってしまうかも知れない」

推測は止めろと、佐助は言い切った。だから。

「船賃は出す。誰か深川へ行って、さっさと山堀屋の縁談の事を、探り出して来たらどうだ？」

「きゅ、きゅんいーっ」

料理屋の跡取り息子の縁組みは、知り合い皆が承知している、大きな話なのだ。それが破談となれば、近くの店なら皆が噂した、一大事だった筈だ。何度か破談になっている場合、深川にいる仲人達が全員承知していても、おかしくはなかった。

「おしろ、行ってきます」

「鈴彦姫も行きます。あ、屛風のぞきさんは……水が怖いから、舟には乗らないですよね」

「場久もご一緒しますよ」

「きゅんいーっ、小鬼が深川、突撃」

鳴家達は山堀屋に巣くう鳴家に、事情を聞くと言っている。ならば店奥での話まで、そっくり分かりそうだと、妖達は笑った。

「きゅい、鳴家は賢《かしこ》い」

翌朝早く、長崎屋の使う荷揚場《にあげば》から、舟が深川へ向かった。そして、あっという間に話を摑み長崎屋へ帰ってくると、妖達は我先にと語り始めた。

「山堀屋の忠五郎さんはもう三回も、縁談が破談になってるみたいです」

離れで出た推測は、当たっていたのだ。

ただ事情が分かり、お六がやったことを知っても、小島屋は今更騒ぎ立てないだろう。つまり破談は変わらないが、おしろはそれでいいと言っている。

「やっぱりそうかと思ったのは、おかみさんが忠五郎さんのことを、そりゃあ大事にしてることです。あれじゃ破談も分かると、近所で評判でした」

あのまま嫁いでいたら、とんでもない毎日だっただろうと、猫又は尾を振りつつ断言する。

若だんなが同意すると、兄や達は大きく頷いた。

「若だんながすっきりして下さって、良うございました。それが一番大事です。これでお江戸も、安泰ですよ」

「きゅい？　お江戸、危なかったの？」

若だんなはここで、片《かた》ごころという言葉を、不意《ふい》に思い出した。どちらともつかない、半端《はんぱ》な気持ち。そんな意味だ。

「忠五郎さんは、お照さんを気にいったんだろう。けど、母御も守りたかったんだろうね」

だから破談を、呼び寄せてしまったのだ。これでは、いつ婚礼出来るのか分からない。

「きゅい、深川、話、一杯っ」

妖達は、若だんなの小さな溜息など知らぬ様子だ。離れの炬燵に集まると、皆、賑やかに語り続けていた。

こいぬくる

1

江戸の通町《とおりちょう》で、賊《ぞく》が暴れた。

ある夜、頭巾《ずきん》でしっかりと顔を隠した者達が、銭両替《ぜにりょうがえ》の店《たな》の蔵を襲った。そして家人《かじん》や奉公人《ほうこうにん》が知らぬ間《ま》に、大事な銭函《ぜにばこ》を持ち去ってしまったのだ。

賊達は、音もなく蔵の錠前を開け、銭を奪うと、素早《すばや》く逃げたらしい。その手際《てぎわ》を聞いた通町の店主達は、怯《おび》え、岡《おか》っ引《ぴ》きを呼び、用心棒《ようじんぼう》を雇う事になった。

一方長崎屋《ながさきや》の離《はな》れでは、話を耳にした兄《にい》やの佐助《さすけ》が、長火鉢《ながひばち》の横で怒っていた。

「頑張《がんば》って働き、金銀を得るのではなく、人の銭を奪うなど、許せぬ者らです。通町で商家へ入りこんだんですよ。もし若だんなと出くわしたらと思うと、落ち着けません」

だから。佐助はここで、若だんなを見据えたので、当人は溜息《ためいき》を漏《も》らす事になった。この後、兄やが何を言い出すか、直《す》ぐに分かったからだ。

「賊が捕《つか》まるまで、若だんなは離れにいて下さいね。ここ何日か咳《せき》が増えてますし、それが良いかと」

「やっぱり、そうきたか。こほっ、熱はないよ。大丈夫だってば」

慣れているとはいえ、何かあるたびに離れへ籠《こ》もれと言われると、悲しくなってくる。よって若だんなは佐助を見つめると、今日ははっきり、離れに居続《いつづ》けても駄目《だめ》な訳《わけ》を告《つ》げることにした。

「佐助、銭両替の店なら夜、大戸や蔵の戸を閉めてた筈《はず》だよ。でも賊に入り込まれたんだ」

つまり離れに籠もっていても、賊は来たいと思った時に来てしまうだろう。

「なら、籠もる必要はないと思うんだけど」

「店に入りこむとは、恐ろしい輩《やから》です。若だんな、妙《みょう》な手合いに、襲われたりしないで下さいね」

「あのね、襲われるか無事でいるか、私が決める事は出来ないと思うんだけど」

すると、別の声が表廊下《おもてろうか》から聞こえてくる。

「賊は、若だんなの所へは来てはいけないと、心得ているべきですね」

今度は仁吉《にきち》が現れ、大福を山と入れた菓子《かし》鉢を、盆の上に置いた。若だんなは、こみ上げてきた溜息を、また、かみ殺す事になった。

(今更《いまさら》だけど。やっぱり妖《あやかし》は妖だね。何とも、考え方が違うっていうか……)

江戸の通町に店を構える長崎屋には、店を開いた先代の頃から、何故《なぜ》か人ならぬ者達が集《つど》っているのだ。兄や二人を初め、店で働いている金次《きんじ》や屏風《びょうぶ》のぞき、一軒家で暮らすおしろ、場久《ばきゅう》なども、人の姿を見せてはいるが、その本性は怪《あや》しの者であった。

今は他にも、数多《あまた》の妖達が長崎屋へ集っており、若だんなはすっかり、そういう毎日に馴染《なじ》んでいる。ただ、人としての名も持つ兄や達ですら、時として今日のように、並の者は言いそうも無い事を口にするのだ。

「とにかく賊には、早く捕まって欲しいよ。けふっ、盗《と》られた銭が返ってくるといいね」

「きゅい若だんな、銭よりお菓子」

ここで若だんなの膝《ひざ》へ乗ったのは、家を軋《きし》ませる小鬼《こおに》の妖、鳴家《やなり》だ。人の目には見えない為《ため》か、小鬼は長崎屋だけでなく、多くの家に巣くっている。

ただ長崎屋にいる鳴家達は、他の仲間とは少し違い、使命感を持っていた。お菓子は、早く食べねばならない。古くなると、それを食べる若だんなが可哀想《かわいそう》だと言うのだ。

よって今日も、仁吉が持ってきた菓子鉢へ、小さな手を伸ばした。

「きゅんいーっ、若だんな。早く一個食べて」

そうでないと、これは若だんなのおやつだと言い、兄や達が怒る。小鬼達は長年菓子を食べてきた為、その事を承知しているのだ。

「あ、はいはい。ちょっと待ってね」

慌《あわ》てて大福を手に取り、半分にちぎって、鳴家に持たせた。すると横にいた二匹が、その大福に飛びつき引っ張ったものだから、餅《もち》は三つに裂《さ》け、食べやすい大きさになった。

他の妖達も餅菓子へ手を伸ばし、柔《やわ》らかいと言いながら、ぱくりとやっている。

「きゅい、若だんな、美味しい」

「それにしても、銭両替の商売に使ってた銭、箱ごと持って消えるなんて、力持ちだね。賊は、大勢いたのかな」

そもそも銅貨である銭は、額の割に重いものであった。だから賊がわざわざ狙うなら、銭両替の店ではなく、金銀を扱《あつか》っている両替商だと、世間では思われていたのだ。

だが今回は、その噂《うわさ》を逆手に取ったかのように、銭両替が狙われた。おまけに賊は未だ、一人も捕まっていない。重い銭をどうやって運び、どこへ隠して消えたのか、町の者達はただ首を傾《かし》げているのだ。

おしろが二杯目の茶を入れつつ、眉根《まゆね》に皺《しわ》を寄せている。

「そういう輩は、また盗みをしそうですね。長崎屋へも来て、蔵を開けるかもしれません。あら、でも変ね」

そういえば、どうやって蔵の錠前を開けたのかと、おしろは悩んでいる。

「何だか怖《こわ》いです。江戸の町に住む、同じ猫又《ねこまた》達に、合戦《かっせん》の支度《したく》を始めてって言っておこうかしら」

付喪神《つくもがみ》である屏風のぞきは、真剣に問《と》う事になった。

「おしろ、猫又の戦《いくさ》支度って、どういう事をするんだい？」

「ふふふ、秘密よ」

「きゅんげ、皆で大福をもう一個、食べるの」

「へいへい、鳴家は戦の話をするより、大福を食べたいんだな」

屏風のぞきが餅菓子を小鬼へ渡した後、妖達や若だんなは、戦支度の件に話題を移した。

そして。

それから一月《ひとつき》経たない内に、通町では、また盗みが起きた、新たな店が襲われたとの、噂が巡ったのだ。

長崎屋でも主《あるじ》の藤兵衛《とうべえ》が厳しい顔になり、店を早めに閉めると、用心するよう奉公人らへ告げていた。

仁吉と佐助はまず、若だんなが無事でいる事を、離れへ確《たし》かめに来た。そして妖達を離れへ呼んで座らせると、その日の夕餉《ゆうげ》である魚の煮付けと玉子焼き、ご飯と漬物を前に、怖い顔で語り出したのだ。

「今回の盗みは、前とは様子が違います」

妖達と若だんなは、また現れた賊について、大人しく仁吉達の話を拝聴する事になった。

「きゅい、何で？」

「今回も賊は、簡単に店へ入り込んでます。まず入ったのは、大通りからは外《はず》れた小道にある、古着屋でした」

ただ今回の賊は、店へ入った後、早々に帰ったらしい。それで店の者達は賊に入られた事に、暫《しばら》く気がついていなかったと、仁吉が告げる。

「本当に、店に賊が入ったの？」

「ですが昨日になって、店の品を盗まれたと分かりました。若だんな、二度目の賊が妙なものを盗んでいたんで、主が気がついたんです」

何と賊は手ぬぐい二本と、着物を縛る腰紐一本を盗っていったという。

「不思議議ですね。賊は古着屋へ入ったのに、古着を盗まなかったんですよ」

若だんなが咳き込み、仁吉が慌てて水を差し出す。ここで佐助が話を引き継いだ。

「賊がまた動いたと噂になったので、通町では、店の中を確かめたようです。すると」

更にもう一軒、盗みがあったと分かった。場所は通町の中程《なかほど》にある、料理屋であった。

今回の料理屋で盗まれた品も、妙なもので、話を聞いた屛風のぞきは目を丸くした。

「漬物？　樽《たる》ごと失せてたって？　はて、何でそんなものが消えたんだ？」

売っても大した値にはならないし、第一、運び出すにも重い。妖達がそう言うと、佐助が何故だか金次を見る。貧乏神《びんぼうがみ》がそっぽを向くと、佐助は両の腕を組んで先を語った。

「一番気になるのは、簡単に店へ入られた事です。一体、どうやったのやら」

最初に現れた賊は、今も誰も捕まっていない上、盗まれた銭も見つかっていない。よって、店主達から文句を言われた同心《どうしん》や岡っ引きは、賊に面目《めんもく》を潰《つぶ》されたと、眉を吊《つ》り上げているらしい。馴染みの岡っ引き日限《ひぎり》の親分も、今日は長崎屋へ寄っても、無駄話すらしていない。なのに、この始末となったわけだ。

若だんなは長火鉢の傍《かたわ》らから、そっと兄や達へ目を向けた。

「あの、仁吉、佐助、何で二人とも、そんなに不機嫌《ふきげん》な顔なの？」

佐助は一寸間《ちょっとま》を置いた後、若だんなが襲われたらと、心配になったことを告げた。それで二人は客として、三番目に襲われた料理屋へ向かったという。そして建物に巣くっている鳴家達をちょいと捕まえ、賊の事を問いただしたのだ。

「きょげっ」

すると、とんでもない事が分かった。

「その鳴家は、料理屋へ入ってきた賊の中に、同じ鳴家達がいたと、はっきり言ったのです。それどころか猫又や付喪神、貧乏神まで揃《そろ》っていたらしい。店へはどうやら、影内《かげうち》から入りこんだようですね」

そして何故だか、料理屋の中を調べ回った後、奉公人が見回りに来ると、また影の内へ消えてしまったという。

「漬物の樽など、持っていかなかった。あれは奉公人達が食べたんだと、料理屋の小鬼達は笑ってました」

仁吉が金次を真っ直ぐに見た。

「鳴家達は、あちこちの家にいる。付喪神や猫又も、我ら人ならぬ者からしたら、会って驚く程、少なくはないな」

ただ、他にはいない者もいるのだ。

「江戸にいる貧乏神は、一人きりだ。金次、何で料理屋に入りこんだんだ？」

金次は、長崎屋の奉公人ではなかったのか。いつから賊になったのか。仁吉の声は、冬の日の風のように冷たく感じられ、金次は珍しくも首をすくめている。

ただ、金次が何かを言う前に、すいと片手を挙げると、若だんなが話し始めた。

「兄や達、長崎屋の皆が料理屋へ行ったのは、私が頼《たの》んだからだよ。余《あま》り怒らないでね。盗みなんかしてないから」

皆を庇《かば》っているのではなく、本当にそうなのだと、若だんなは言い切った。手ぬぐいや腰紐なら数えまちがいもあるだろう。すると金次が、古着屋や料理屋へ行ったのは、長崎屋の面々だと続けたのだ。ただしだ。

「若だんなは行ってない。ひゃひゃっ、影内へ入れないんで、無理だったからね」

佐助が、怖い顔で頷《うなず》いた。

「若だんな、妖達は何の為に、賊のまねごとなど始めたんですか?」

若だんなは頷いて、ひょいと、離れの奥へ目を向けた。

「その、実は、ね。……あ、来た」

「来た、ですか?」

その時、部屋へ近づいてくる音があった。兄や二人が、思わずと言った様子で振り返ったその時、黒っぽい塊《かたまり》が、仁吉へと突撃した。

2

「げほっ、ごほっ、けふけふっ」

塊に、正面から激突された仁吉が、体を折って咳き込む。その傍らで、佐助が慌てて腕を広げると、その中へ、きょとんとした顔の、毛の塊が飛びついて収まった。

「うわっ、何なんです? これ」

「何って、見ての通りだよ。妖達は、この仔《こ》の相棒を見つける為に、古着屋や料理屋へ行ったんだ」

若だんなが声を掛《か》けると、佐助の腕の中から機嫌の良い顔を見せたのは、黒っぽい仔犬であった。

「わうっ、あんっ」

盛んに尻尾《しっぽ》を振っている仔犬は、外《と》つ国《くに》の血でも引いているのか、毛足が長かった。そしてまだ仔犬に見えるのに、かなり大きく、手足が太い。

「こりゃ、大きく育ちそうな犬ですね。でも若だんな、何で黒っぽい仔犬が、妖達が店へ忍び込む理由なんですか？」

離れの皆は、また目を見合わせた。その後若だんなが正直に、あることを白状する。

「最初に銭両替の店が賊に襲われた、少し後の事だけど。実は、長崎屋は一度、賊に狙われてるんだ」

何と銭両替の店の次に、賊は大店《おおだな》長崎屋へ入ろうとしていたのだ。その話を聞き、二人の兄やは大きく目を見開いた。

「えっ？　我らが長崎屋へ、賊が入ったのですか？」

何で自分達がその事を知らないのかと、仁吉達が呆然《ぼうぜん》としている。若だんなは、直ぐに兄やらへ知らせなかったのは、やってきたのが、賊達ではなかったからだと言葉を続けた。

「白っぽい仔と黒っぽい仔、仔犬が二匹、離れの近くに現れたんだ。仔犬だよ。賊との繋《つな》がりなんか、直ぐには分からなかったんだ」

そして、騒《さわ》ぎは起こった。

最初、長崎屋に仔犬が現れたのは、暮《く》れ六《む》つ後の夕餉時で、長崎屋の奉公人達は、中庭にはいなかった。

離れで鍋《なべ》を作っていたおしろ達は、仔犬の姿に気づいたものの、ただ野良犬の仔が紛《まぎ》れ込んだだけだと思い、気にも止めなかったという。

そして長崎屋では、大勢の鳴家達が遊んでいた。若だんなが気づいた時、小鬼と仔犬らは離れの濡《ぬ》れ縁《えん》で、大げんかになっていたのだ。

「こらっ、止《や》めなさい。小鬼、仔犬達、嚙《か》みついちゃ駄目だよっ」

その日初めて顔を合わせたのだろうに、敵同士のように喧嘩《けんか》を止めない。その内屛風のぞきが、鳴家と仔犬は、棒のようなものを争っている事に気がついた。

「何だ？　木の枝か？　ありゃその棒、重そうだ」

驚いた事に、棒をひょいと取り上げた瞬間、付喪神は何と、小鬼と仔犬の両方から、嚙みつかれてしまったのだ。

「ぎゃーっ、何するんだっ」

「ありゃ、それ、私が前にあげた、鳴家の玩具《おもちゃ》だよ」

何故だか大層《たいそう》気に入っていたので、鳴家のものにしたのだ。一体何なのかと妖らに問われて、若だんなは正直に答えた。

「錠前を開ける、鍵だよ」

「鍵？　そんな大事なものを、鳴家にやっていいのかい？」

屛風のぞきが魂消《たまげ》たが、若だんなは笑った。

「この鍵、古い錠前を開ける為のものなんだ。簡単な作りでね。鍵も一見、ただの鉄の棒みたいに見えるだろう？」

　店が小さい時は、そういう錠前で良かったが、長崎屋は大きくなり蔵も立派《りっぱ》になった。大事な物も増えたので、あるとき一斉に、錠前を交換したという。簡単には開かない、工夫が凝《こ》らされた品に替えられ、昔の錠前と鍵が幾《いく》つか残ったのだ。

　仔犬二匹と小鬼達は、鍵をまた争いだした。

「ああ、止めなさい。鳴家の鍵は、以前おじいさまが、自分のものを入れてた千両箱に、付いてたものなんだ」

　そちらも、より開けづらい錠前に替えられ、要《い》らなくなった錠と鍵を、まずは若だんなが、玩具にした。屏風のぞきが、そういえば離れの部屋に錠前があったと、頷く事になった。

「小さい頃、若だんなは鍵とか、凄《すご》く好きだったな。開けたり閉めたり、錠前で飽《あ》きずに遊んでた」

「きゅんいー、黒、白の犬、あほっ」

　その後、若だんなはもう古い錠前で遊ばなくなり、それは鳴家達の玩具になった。小さな鳴家にとって、錠前は大きくて開けにくい、特別なものらしい。だからか何匹かの鳴家達は、ずっと宝物にしているのだ。

　ところがその錠前の鍵を、知らない仔犬も気に入っている。鳴家達は怒っていた。

「大きい仔犬、ばくりと鍵をくわえた」

「鍵、鳴家から取り上げた」

「長崎屋から持って行こうとしてる！」

鳴家達が叫び、おしろが首を傾げた。

「鳴家は結構器用だし、錠前で遊ぶのは分かるんですけど。その仔犬が鍵にこだわるのは、何ででしょう」

どう考えても犬の足では、鍵など使えないではないか。

「木の棒の代わりなのかしら」

他の棒を差し出してみたが、仔犬は納得せず欲しがらない。若だんなは眉尻《まゆじり》を下げた後、ふと笑った。

「銭両替の店は、賊に蔵の錠前をいつの間にか、開けられたそうだ。この仔犬も、鍵で蔵を開けたいのかな」

すると、若だんなの言葉を聞いた途端《とたん》、妖達は揃って真顔になる。それから二匹の仔犬を、皆が見つめた。

「仔犬達が、鍵を使うのは無理ですけど。でも仔犬達の飼い主なら使えますね、きっと」

「あっ、そうか。おしろさん、犬には飼い主がいますよね……怖い人なのかしら」

毛足が長い仔犬達は、野良犬には見えないと、おしろと鈴彦姫《すずひこひめ》が見つめている。首輪でもあったら飼い主が分かるかも知れないと言い、鈴彦姫が仔犬へ手を伸ばした。すると、その時。

白っぽい仔犬が突然《とつぜん》走り出し、長崎屋の木戸から表へ逃げてしまったのだ。小鬼と鍵の引っ張り合いをしていた黒っぽい仔犬が、鍵をくわえたまま、自分も後を追おうとしたが、小鬼達の山に押さえられた。

「それで、一匹だけが長崎屋に残ったんだよ」

若だんなは離れで、仁吉と仔犬の両方を見つつ、語っていく。

「その後、仔犬を家へ戻したいと思ったんだけど。でも黒っぽい仔犬ときたら、鍵から離れないんだ」

他の鍵も使い、何度か試した所、仔犬は錠前の鍵を見かけると、それをくわえて逃げるよう、躾《しつ》けられていると分かった。長崎屋の蔵は内蔵ではなく、店の奥に建っている。つまり鍵さえあれば、塀を乗り越えて敷地に入り、盗みが出来るわけだ。

「それで分かったんだ。長崎屋は、賊に狙われたんだって」

ただし、賊達はまだ来ていない。現れたのは、仔犬のみであった。

「それは……大いに怖い話ですね」

兄や達が、溜息をつきつつ仔犬を見ている。それで若だんな達は翌日、鍵を隠し、引き綱を付けて、仔犬を町で歩かせてみた。

「自分で家へ、帰るかもしれないと思って」

すると兄や達が、揃って怖い顔になった。

「何でその時点で、我らを呼ばなかったんですか？　勝手に出掛けて、具合を悪くして、倒れて、寝込んで、あの世へ行ったらどうなさるおつもりだったんですか？」

佐助の言葉が厳しい。すると横から金次が、あっさり本当の事を言ったので、若だんなは顔が強《こわ》ばってしまった。

「ひゃひゃっ、佐助さん、呼ばないのは当たり前さ。うっかり表へ行くなんて言ってみな。若だんなは絶対、出してもらえないだろうに」

「もちろん、そうだ。若だんなは、暫く寝込んでいないのだから、用心しなくてはいけないからね」

説教《せっきょう》が始まりそうだったので、若だんなは慌てて、仔犬の話を語った。

「仔犬が、賊に使われてるという話は、私が考えた事なんだ。だから、きちんと証《あかし》を立てない前に、兄や達へその話をしたくなかったんだよ」

もし黒っぽい仔犬が、銭両替の店を襲った賊の一員だったら、このまま長崎屋に置いておく訳にはいかない。

「店が危ないものね」

しかし、もしかしたら仔犬は、ただ鍵が凄く好きなだけの、迷い犬かもしれなかった。

「だから一度、家を探してみる事にしたんだ」

若だんなも妖達も気持ちを引き締《し》めて、表を歩いた。すると引き綱を付けた仔犬は、迷う事なく、ちゃんと道を進んで行った。

「私達は仔犬と一緒に、長崎屋から北の方に向かったんだ。そして大通りから逸《そ》れた先にある表長屋の、小店《こだな》へ着いたんだ」

そこまでは良かったが、直ぐに、狼狽《うろた》える事にもなった。その家には、誰も暮らしていなかったのだ。

「近所の人に聞いたら、老夫婦が、その家で小間物《こまもの》の店をやってて、仔犬を二匹飼っていたらしい。けど旦那《だんな》さんは急な病《やまい》になって、亡くなったとか」

子供はおらず、おかみは店を畳《たた》んだ。確か奉公人や仔犬は、おかみが店を離れる前に、知り合いが引き取っていったという。

しかし引取先は分からず、黒っぽい仔犬は、引取先に戻れなくなった。それで今、おしろ達が暮らす一軒家に、置いて貰《もら》っているのだ。

「仔犬ったら一度、また離れへ来ると、鳴家の鍵をくわえて、出て行ってしまったんだ。もしやと思って追ってみると、誰もいない元の家へ戻ってた」

仔犬は今も飼い主へ、鍵を届けようとしているのだ。何だか可哀想で、でも怖くもなった。若だんなが、また近所で聞いてみた所、賊が銭両替の店から盗みをしたのは、件《くだん》の小間物屋の老店主が亡くなり、おかみが店を畳んだ後なのだ。

「一体誰が、仔犬達を使ってるんだろう」

仁吉が、目を細めて言った。

「今の飼い主は、長崎屋から逃げたもう一匹の、白っぽい仔犬を、ちゃんと飼ってるのでしょう。迷子になった様子はありません」

大きくて毛足の長い目立つ仔犬が、一匹でうろついているとの噂は、なかったのだ。ここで仁吉が、若だんなへ問うてきた。

「その仔犬の為に、飼い主を突《つ》き止めるおつもりですか。その者達が賊だったら、戦いますか」

兄や達の顔が、いつにも増して怖い。

「ごめんなさい、同心の旦那の代わりに、銭両替の店を襲った賊を、捕らえたい訳じゃないんだ」

若だんなは、賊かもしれない今の飼い主へ、仔犬は返さないと決めた。もし、盗みの片棒担《かつ》ぎをさせられたら、哀れだからだ。

「だから、もう一匹の仔犬を探してるの。妖達を怒らないでね」

このままだと白っぽい犬は、賊と命運を共にするはめになりそうなのだ。あの仔犬も、賊から離さねばならないと思う。

「このままじゃ、仔犬が可哀想だもの」

「そうなると、賊と対峙する事になりますよ。若だんなの無茶を知ってたのに、妖達は、若だんなを止めなかったのか」

佐助が怖い顔になったので、妖達が半泣きになって騒ぎ出した。

3

若だんなは妖達と一緒に、兄や達から、久方《ひさかた》ぶりにこんこんと説教された。

おそらく賊が、仔犬の飼い主なのだ。

賊は仔犬を使って、蔵の鍵を得ている。

そして、そのからくりを、若だんなは摑《つか》んでいた。

それを賊に知られたら、本当に命が危ない。

兄や達は離れで、真剣に怒ってきた。

「この所、寝込まない日が続いてます。それで、あれもこれもやってみたいと、突っ走っているんじゃありませんか？」

若だんなは元々、興味津々《きょうみしんしん》、動き回りたい性分《しょうぶん》なのだ。以前、若だんなの育て直しをした妖達は、十分それを分かっている。

だからこそ兄や達は、日頃妖達を側《そば》に付けている。なのに妖達は、若だんなと一緒に楽しみ、表へ飛び出してしまったのだ。

「そりゃ叱《しか》られます。若だんな、仕方がないですよ」

場久から言われた事が、全てであった。

ただ今回、兄や達からの説教はいきなり終わり、若だんなは部屋で大人しくすることになった。要するに、説教が続いていた時、気がつくと熱が上がっていて、部屋でいきなりひっくり返ったのだ。

「若だんな、何で倒れるんですか？　生きてますか？　わーっ、死んでるかもしれないっ」

「……まだ、死んでないと思う。多分」

妖達が、慌てて火幻《かげん》医師を呼ぶと、何故、熱がこんなに上がるまで放《ほう》っておいたのかと、兄や達が、妖医者から叱られる事になった。おまけに、火幻の荷物持ちとして来た妖、以津真天《いつまで》が、総毛を立てた仔犬にがぶりとやられて、一騒《ひと》ぎ起きた。

「ひゃひゃっ、以津真天はまだ、妖という感じが強いからねえ」

獣には、妖が分かるのもいるのだ。仔犬は怖かったので、以津真天を嚙んだに違いない。

その時離れへ、母屋《おもや》から藤兵衛が来たので、人のふりをしている面々は、慌てて取り繕《つくろ》う。息子がまたまた病になったので、甘い親は、心配の塊になっていた。

「一太郎《いちたろう》、お前がまた寝付いたと言うので、心配で、おっかさんまで寝込んでしまったよ。体は大事にしておくれ」

兄や達が面目なさげに謝っていると、長引くようならまた、根岸《ねぎし》の寮でゆっくりするように藤兵衛は言ってくる。その時、部屋の隅《すみ》から甲高《かんだか》い声がして、藤兵衛は目を見開くことになった。

「わうっ」

「おや、仔犬がいるね」

仁吉が鹿爪《しかつめ》らしい顔で、迷い犬だと告げた。

「まだ小さいですし、並の野犬とも思えない見目《みめ》なので、飼い主を探しております」

「そういえばこの仔犬、ふかふかしているね」

きっと飼い主が案《あん》じていると、若だんなが言うと、甘い親は息子の優しさを褒《ほ》めている。

「なら私も店主達の集まりで、仔犬を知らないか聞いておこう」

それから藤兵衛は若だんなの枕元に、お小遣《こづか》いと甘い落雁《らくがん》と甘酒を置いてから、母屋へ戻っていった。主が居なくなると、佐助が己《おのれ》の甘やかしは棚に上げ、主の行いに溜息をついている。

「旦那様ときたら。熱がある時、若だんなはこんなに菓子を沢山《たくさん》、食べられませんよ」

すると金次が、勝手に落雁を一つつまんでから、根岸は悪くない考えだと言い出した。

「悪くないって、どういう事ですか？」

おしろが、甘酒を湯飲みに注ぎつつ首を傾げると、金次はにやりと笑みを浮《う》かべる。

「根岸の寮に若だんなが行くと、通町じゃ、いつも噂になるだろ？」

大店で動きがあると、通町のお店の者達はすかさず、その話を摑むのだ。若だんなは長崎屋の跡取《あとと》り息子で、しかも体が弱かったから、特別に目を向けられていた。

「噂になれば通町の辺《あた》りにいる賊も、きっと若だんなの話を耳にするわな。そして根岸にある寮は、通町にある大店ほど守りが堅《かた》くない」

少なくとも、長崎屋に妖がいる事を知らない者なら、そう考えるだろう。自分が盗人《ぬすっと》なら、若だんなの遠出は見逃さないと、貧乏神は言ったのだ。

それに長崎屋の甘い二親《ふたおや》は、根岸の寮へ行くとき、のんびり過ごすための金を、たっぷりと渡してくる。そして賊は、長崎屋へ一度、仔犬を送り込んでいる。鍵を奪い、長崎屋へ盗みに入るつもりがあるのだ。

ただ仔犬達は、長崎屋から鍵を盗み損《そこ》ねてしまった。それゆえ賊は、店へ盗みに来られなかったのだろう。

「けほけほっ、げほっ」

「ああ、その考えは、当たっていそうだな」

兄や達も頷く。金次は、落雁を食べつつ続けた。

「ならばさ、根岸の寮で若だんなにゆっくりしてもらい、そこへ賊が、のこのこ盗みにやってきたら、捕まえるってぇのはどうかね」

離れの面々が揃って頷いた。

「見事な考えですね。ええ、若だんな一人なら、根岸の寮でも、妖達が守れますって」

寝ている若だんなを置き去りにして、妖達はさっさと事を決めていく。賊は、もう一匹の仔犬も連れてくるだろうと、おしろが言った所、若だんなが話に乗った。

「けほっ、ねえ、白と黒の仔犬達を引き取って、新たな飼い主を見つけたい」

仔犬の鍵好きを摑んでいる長崎屋の者なら、上手《うま》く躾け直す事が出来るだろうと、若だんなは考えているのだ。

「わうっ？」

黒っぽい仔犬は、きょとんとした顔で、長崎屋の皆を見ている。白い仔犬に会いたいかと、屛風のぞきが問うたが、妖ではないからか、返事は貰えなかった。

「不便だねえ。仔犬も喋《しゃべ》ればいいのに」

話したら話したで、困る事も出てくると、場久は笑っている。おしろが最後に決めた。

「では早々に根岸へ行って、若だんなに休んでもらうとしましょう」

ここで火幻医師が兄やへ、必死に言った。

「あの、私も根岸の寮へ行きたいです。是非《ぜひ》、ゆっくりしたいです。若だんなは熱があるから、医者の同道は便利ですよ」

以津真天も行きたいと頷いたが、佐助がうんと言わない。

「通町で、他にも患者を抱えてる医者を、根岸へ連れては行けないだろ」

「佐助さん、じゃあ私はずーっと、寮へ行けないですよぅ」

「行きたかったら、まず弟子《でし》を取って、後を任せられるほど、医術を仕込むんだな」

そういう当てのない火幻は、肩を落としている。今回は兄や達と、賊への対処を話し合い、了解を得て、妖達は舟で隅田川《すみだがわ》を遡《さかのぼ》る事になった。

熱のある若だんなは、綿がたっぷりと入った、どてらに包《つつ》まれ、舟に揺られていった。

すると舟を使って動いたので、川を泳いでいた河童《かっぱ》達が気がつき、寮へ挨拶《あいさつ》に来た。山の方からも、狐《きつね》や天狗《てんぐ》達も見舞《みま》いに来ると、賊と仔犬の話を妖達から聞き、面白がった。

「ならば賊が来たら、我らも参戦しましょう」

おかげで若だんなが寝付いた寮は、妖達に、何重にも取り囲まれる事になった。

(この分だと、この寮に賊達が来たら、関ヶ原《せきはら》みたいな合戦になりそう)

賊達も大変だなと思いつつ、若だんなは早くも、仔犬達の先々《さきざき》を考え出した。

一緒に連れてきた黒っぽい仔犬は、寮の広い庭に降りると、小鬼達とじゃれあうようにして遊びだしている。

(あの仔犬だけど、小鬼の鍵を見るたび、盗ろうとするんだよな。あれじゃ、新しい飼い主に渡せないよ。どうやったら鍵の事を、忘れてくれるかな)

今はどてらに埋《う》まり、考える事しか出来ないから、若だんなはせっせと頭を使い始めた。

「うーん、ただ鍵をくわえちゃ駄目と言っても、無駄だったし。おやつで釣《つ》っても、今ひとつ、上手くいってないんだよね」

夜になって、狐火《きつねび》が寮の周りを飛んだが、まだ噂を摑めていないのか、賊は現れなかった。

(さて、いつ頃くるかな)

銭両替の店を襲ったのだから、賊は金を欲しがっている。そして今根岸の寮に来れば、その金を、得ることが出来るのだから、来ないのはおかしいと思う。

熱が引ききらない若だんなは、夜も昼も、うつらうつらしつつ、部屋で盗人達を待った。暇な妖達は昼間、仔犬の躾を続けた。

ただ顔を見せた、河童と狐と天狗の助力を得たにもかかわらず、仔犬はいつまでも鍵に、興味津々であった。

「ううむ、仔犬がこんなに手強《てごわ》い生き物だとは、思っておらんかったな」

天狗が真っ先に降参し、山へと飛んで帰った。河童達は仔犬と奮闘していたが、仔犬が小川で泳げるようになると、一緒に遊びだしてしまった。

狐は、犬は狐よりも覚えが悪いと、嘆《なげ》きだした。

寮にも土蔵が一つあるが、仔犬は毎日錠前を見ている。そういうときは小鬼が、小さな手で仔犬の毛を引っ張って、錠前を盗らないよう、止めているのが分かった。

そして。

三日経ち、やがて寮に来て五日となったが、賊は現れなかった。

七日が過ぎても、怪しい姿すら目にしない。十日経った時、若だんなは、今回賊は来ないかもと口にした。熱が下がったので、そろそろ長崎屋へ戻ろうかと、話を始める事になったのだ。

「不思議だ。わざわざ仔犬を、長崎屋へ寄越《よこ》したのに。銭両替の店を狙った賊が、何で来なかったんだろう」

銭両替の店より、ずっと楽に盗みが出来る筈なのに、だ。

「何故だろう。ちゃんとした訳が、あるんだろうか」

一見大したことではなくとも、きっと何か理由があるような気はする。だが若だんなは直ぐに、その事情を思い付けなかった。

しかし、何とも気になってしまい、落ち着かない。そして若だんな達は、根岸の寮に来てから十二日目、神田川《かんだがわ》から舟に乗ると、隅田川を下る事になった。

4

賊の件が片付かず、考え込んだ為か、その後若だんなは熱を出したり、治ったりを繰《く》り返すようになった。火幻医師は、何故だか嬉《うれ》しそうな顔で離れへ通ってくると、仔犬と鍵の話を、毎回詳しく聞いていく。

ここのところ、何となく寝込まない日が続いていたので、若だんなは表へ行けないことが、何ともつまらない。黒っぽい仔犬を連れ、妖達と近所を回っていると、店の中など覗《のぞ》けて、結構楽しかったのだ。

「いや、愚痴《ぐち》を言っちゃ駄目だね。奉公人の皆は、毎日働いてる。お使いに出たり湯屋へ行く時以外、好きに外出《そとで》は出来ないんだもの」

仔犬を躾け直す件は、その後も進まなかった。もこもこと毛足の長い仔犬は、足を鈴彦姫に拭《ふ》いて貰うと、若だんなが寝ている布団の足下で、丸くなっている事が増えていた。

「きゅんいーっ、若だんなの布団は、鳴家のもの。仔犬、重いっ」

たまに一緒に遊ぶのに、小鬼達は布団の傍らで怒っている。だが、兄や達は落ち着いたものであった。

「仔犬が暖かいなら、温石代《おんじゃく》わりに、若だんなの布団へ入れても良いか。何だ、屏風のぞき。あぁ布団の中で、鳴家と喧嘩をするから駄目だって？　それは拙《まず》いな」

それでなくとも、鳴家と仔犬は未だに、鍵を巡り戦いを繰り返していた。若だんなが寝ている布団の周りを駆《か》け回るので、おしろや鈴彦姫が時々小鬼を捕まえて、布団の中に放り込んでいる。するると、暫くは気持ちよさそうな顔をして、若だんなと一緒に寝ているのだが、気がつくとまた、走り出す小鬼が現れるのだ。

「仔犬は鍵を盗ってくるように、仕込まれてます。でも、飼い主と離れて大分《だいぶん》経つのに、何でいつまでも鍵が好きなんでしょうかね」

仔犬の足では、錠前を開けたり閉めたり出来ない。今、餌《えさ》をくれている人から、鍵はくわえるなと命じられたら、従いそうに思えたのだ。

おしろが溜息をつくと、屏風のぞきが笑う。

「信じてる主人が命じた事は、守る気なんだろうさ」

ここで若だんなは目を見開き、大急ぎで布団の内から這《は》い出る事になった。

「屏風のぞきの言う通りだ。ちょいと試したい事が出来た。引き出しに入れたかな」

若だんなが寝間着のまま、文机《ふづくえ》に向かったものだから、鈴彦姫とおしろが短い悲鳴を上げ、慌ててどてらを摑んだ。

「若だんな、熱があるのに上着も着ず、うろつかないで下さい」

「どてら、着て下さいな。ついでに暖かいから、仔犬を抱えてっ」

「きゅわんっ？」

確かに仔犬は暖かかったので、若だんなは抱えたまま、文机の前に座った。袖《そで》や懐《ふところ》に小鬼らも飛び込み、ほっとする暖かさに包まれる。

若だんなは、傍らに置いてあった小簞笥《こだんす》の引き出しを検《あらた》め、中を探し始めた。

「あれ、ここじゃなかったたか。帳場《ちょうば》に置いたっけ。それとも蔵の内にしまったかな」

「若だんな、何の事です？」

「屏風のぞき、薬種問屋《やくしゅどんや》の帳場に行って、小引き出しの中を見てきてくれないかな。錠前が駄目になって、古い鍵だけ残ったものが、欲しいんだ。鳴家へあげたもの以外にも、あったと思うんだけど」

「ほいきた」

勝手知ったる店先へ向かうと、屏風のぞきは直ぐに帰ってきた。手の中にある細い鍵を見て、若だんなは頷く。

「これこれ。今は使っていない鍵が、長崎屋には幾つかあるんだ。他のも探してくれるかな」

若だんなが手にした錠前のない鍵に、鳴家達は全く興味を示さなかった。開けたり閉めたりして、玩具として遊ぶ事が出来ないからだろう。

ところが、若だんなの膝で大人しくしていた仔犬は、直ぐに顔を上げると、一瞬後《あと》には鍵をくわえていた。そして、ふうっ、うーっと、嬉しげに唸《うな》っている。

「あ、やっぱりこの鍵でも、興味を示すんだ。仔犬、満足かい？」

「くぅん」

機嫌良さげな声がしたので、若だんなはここで、仔犬の目を覗き込んだ。

「なら、この鍵は仔犬にあげる。だからもう、他の鍵をくわえちゃ駄目だよ」

「わおん？」

鳴いた途端、鍵が口から落ちたので、仔犬は慌ててくわえ直している。その後若だんなは、鳴家の鍵など他の鍵を見せては、そちらには手を出さないよう、離れで繰り返し教えた。すると仔犬は少しずつ、従うようになったのだ。

「ひゃひゃっ、若だんな、上手いこと考えたね。鍵に手を出すなじゃなくて、一つの鍵だけくわえろっていう方が、仔犬も、分かりやすいんだな」

やっと一つ、難題を何とか出来そうになって、ほっとする。

「それに、要らない鍵をあげるだけで大丈夫なら、もう一匹の白っぽい仔犬も躾けられそうだ。会うことが出来たら、だけど」

ただ仔犬が賊と一緒にいるのなら、新たに躾を始めるどころか、出会う事すら簡単ではなかろうと思う。ところが屏風のぞきは、反対の考えを持っていた。

「近くの店が襲われたんだ。賊は長崎屋の近くに、いるんじゃないか？　なら白っぽい仔犬にも、いつか会えるさ」

若だんなに熱冷ましを飲ませにきた時、仁吉も頷いた。

「賊は仔犬を使い、銭両替の店から鍵を盗み出しているに違いない。その後、盗み出された重い銭函は、見つかってません」

つまり店に入り込む前から、重い箱をどうやって運び、どこへ隠すのか、心づもりをしていた筈だという。賊は通町近くに銭函を隠したと、仁吉は考えていた。

「いやそれだけでなく、賊は通町近くに、住んでいるのだと思います。仔犬二匹を、通町の長崎屋へ忍ばせたのですから」

遠くから、仔犬を連れて何度も通町へ来るのは大変だし、目立つ。何より黒っぽい仔犬や、よく似たもう一匹は、とても目に付く見てくれをしているのだ。

若だんなの横で、鈴彦姫が頷いた。

「そういえば、銭両替を襲った賊は、根岸の寮にはやってきませんでしたね。あれは、通町ではなかったから、なんでしょうか」

「えっ？」

この時、なにかが若だんなの頭の奥で、ぴかりと光った。だがそれは、一瞬の後には鳴家の声と混じり、不確かな何かに変わって、形になる事もなく消えてしまう。

「あれ、今、何を思い付いたんだっけ」

若だんなはしばらく考えたが、再び浮かんできてはくれない。

「やれやれ、逃した考えほど、立派なものに思えてくるね」

しばらく考え込んでいると、続きは寝てから考えて下さいと言われ、若だんなはまた、布団の中へ放り込まれてしまった。

5

それから数日経った、ある日のこと。若だんなや、離れへ来ていた妖達は、魂消る事になった。何と、突然離れへ顔を見せた藤兵衛が、黒っぽい仔犬の飼い主を見つけ出したと、長火鉢の傍らで話したのだ。

若だんな達は、賊と仔犬が関わりありと思っているから、一斉に背筋《せすじ》を伸ばした。だが藤兵衛は、ただ仔犬の飼い主を見つけたと考えているのだろう、機嫌良く笑っている。

「何と、驚いた。誰が飼い主だったんですか」

若だんなは、しばし絶句した。

賊は己が、犬の飼い主だと認めたのだろうか。

もしかして、仔犬を使って鍵を盗ませていることは、露見していないと思っているのか。

白っぽい仔犬は、元気なのだろうか。

黒っぽい仔犬は今、一本の鍵をとても大事にしていたので、早めに躾けて良かったと、若だんなはほっとしていた。

「おとっつぁん、黒っぽい仔犬、見つけた飼い主に、いつ渡すんです？」

すると藤兵衛は、飼い主が見つかった事情を語り出した。

「仔犬の飼い主は、結構近くにいたんだよ。料理屋で開かれた店主達の集いで、仔犬のことを話したら、分かったんだ。その仔、通町の油《あぶら》問屋、三《み》ツ村《むら》屋さんの飼い犬だったんだ」

「あらま、本当に、意外な程ご近所ですね」

驚くしかなかった。油問屋三ツ村屋は、通町の中でも大店で、表通りに、うだつの上がった立派な、土蔵造りの店を構えている。店の背後には、三ツ村屋が持つ長屋が、幾つも建てられていた。

「黒っぽい仔犬は、名を、黒《くろ》すけと言うんだそうだ。もう一匹、似た仔犬を飼っててね、そっちは白《しろ》すけだそうだ」

藤兵衛は、迷子になった犬を明日にでも、油問屋へ連れて行くと伝えた所、礼を言われたと言っている。若だんなは頷くと、熱も下がってきたので、自分も同道して、白すけの方も見てみたいと言ってみた。

「ああ、その気持ちは分かるよ。黒すけは、もこもことして可愛いからね。白い仔犬も見たいだろう」

藤兵衛は頷いて、近所だし、明日は一緒に、仔犬を連れて行こうと言って笑う。そして、いつも若だんなが世話を掛けると、店子《たなこ》のおしろへ礼を言ってから、藤兵衛は母屋へ戻っていった。それを見送ってから、金次が急にひょいと、離れから出ていった。場久は、急ぎ影の内から、他の妖達へ、仔犬の話を伝えにゆく。

その日の暮れてきた頃、離れには妖達が集まった。今日は兄や二人も集ったし、夕餉は皆の好物、卵のふわふわと湯豆腐なのだが、夕餉より話をする事に、皆、夢中であった。

若だんなは、どてらにくるまれつつ、皆と話す事になった。

「黒すけ、お前も話を聞くかい」

仔犬の名を呼ぶと、わんと返事が返って、飛んでくる。妖達は、仔犬の名に納得した後、直ぐ、山ほどの疑問を口にしてきた。

「あの、その、ええと。聞きたいんですけど、いいですか？」

まず場久が問う。

「三ツ村屋さんて、長崎屋の前の通りを、ちょいと日本橋《にほんばし》の方へ歩いた先にある、大店の油問屋さんですよね」

そして先《せん》に、賊に入られた銭両替の店は、蔵の錠前を開けられ、銭を奪われている。その後、長崎屋へ入りこんだ二匹の仔犬は、鍵をくわえて逃げようとした。

「つまり、ここにいる仔犬が、鍵と賊と銭を繋いでいるんですよねえ」

その仔犬達の飼い主が、何と近所の三ツ村屋だという。

「つまり三ツ村屋さんが、賊なんですか？　仔犬に、鍵を盗ませたんですか？　あんな大店が？」

信じられないと、場久は続ける。

「こう言っちゃ何ですけど、銭両替の店より三ツ村屋さんの方が、店内《みせうち》に金を、沢山持っていそうなんですけど」

すると金次が、口を歪《ゆが》めて笑い出した。

「藤兵衛旦那様が昼間、黒っぽい仔犬の、飼い主の名を言ったんで、あたしは驚いたんだ。で、昼間の内に三ツ村屋を見てきたんだよ」

若だんなや妖達の顔が、一斉に金次の方へ向いた。

金次は貧乏神なのだ。大店でも、店が左前《ひだりまえ》になる事はある。だが、もしそうなっていた場合、貧乏神は店を一目見ただけで、貧乏を見抜く筈であった。

金次が重々しく、三ツ村屋の事を告げる。

「残念だねえ、三ツ村屋は、金に困っちゃいないよ」

金次の目で見ると、三ツ村屋の店も蔵も、内側から光り輝いているらしい。

「あの油問屋、かなり儲《もう》けてるね。ひゃひゃっ、三ツ村屋なら、でかい犬を二匹飼っても、餌代に困らないだろう」

猫又のおしろは口を尖らせ、付喪神の鈴彦姫は眉を顰《ひそ》めて、湯豆腐を椀《わん》に入れている。

「餌代には困らないけど、仔犬を仕込んで、銭両替の店で盗みをしたんですか？　やっぱり、何か変ですよねえ」

仔犬は首を傾げていたが、焼いた魚の身をたっぷり掛けた飯を貰うと、ただ食べている。そして今も、若だんなから貰った古い鍵を、足の前に置いていた。

若だんなは、金次の言葉は真実に違いないと言ってから、妖達へ目を向ける。

「明日、三ツ村屋さんへ仔犬を連れていった時、ご主人と話をしてみるよ。何か分かるかもしれない」

すると妖らは、自分達もゆくと、勝手に決めた。ただおしろは、若だんなが心配をしないよう、あらかじめ言ってくる。

「三ツ村屋さんの、天井裏《てんじょううら》の影内から、話を聞くだけにしますから。もう一匹の、白っぽい仔犬がいるみたいだし、あたし達を見つけて吠えたら、若だんなが困っちまいますからね」

今回は、三ツ村屋に賊がいるかも知れないので、同道すると、仁吉も口にする。賊が突然暴れた時、若だんなを連れて逃げねばならないかららしい。

「賊が大勢いた場合、戦うより、若だんなの無事が第一です。ですから、本当に三ツ村屋さんが賊の頭《かしら》なのか、そこを確かめに行きたいと思います」

若だんなが頷く横で、おしろは黒すけを見て、溜息を漏らした。

「こういうとき、仔犬が妖でないのは、不便ですね。鳴家だって問いを向ければ、はいと、いいえくらいは言えるのに」

すると鳴家が、黒すけへ話しかけた。

「黒、三ツ村屋さん、賊なの？」

「わんっ」

「ほんと？　違うんじゃないの」

「わんっ」

「あ、これじゃ、分からないですね」

鈴彦姫が首を横に振り、がっかりした小鬼達が、仔犬の髭《ひげ》を引っ張ったものだから、喧嘩になる。仔犬にしては大きいので、妖達が引き離すのに苦労しているのを見て、若だんなは眉尻を下げた。

「仔犬達を躾けるのは、結構大変だよね。三ツ村屋さん、大店のご主人で忙《いそが》しいだろうに、人の銭をかすめる為に、仔犬が鍵を盗るよう躾けたのかな。銭を得るには、商売をした方が早いと思うんだけど」

どう考えても妙な気がするのに、鍵を盗んでしまう仔犬は、三ツ村屋の犬なのだ。若だんなが眉間《みけん》に皺を寄せると、仁吉が傍らから言ってきた。

「若だんな、この離れで悩んでいても、答えは出ません。堂々巡りになるだけですよ」

三ツ村屋へ行ってみて、その先を考えるしかない。真《ま》っ当《とう》な事を言われたので頷くと、若だんなはようよう落ち着いて、皆と夕餉の卵を食べ始めた。

6

近い場所にあるのに、若だんなが油問屋三ツ村屋へ入ったのは、初めての事だった。

油など、家で使う品を切り盛《も》りするのは、おなごの役目であった。それに良く買う品なら、店から御用聞きが注文を取りに来て、長崎屋へ納めてくれるので、買いに行く事はない。

「ああ長崎屋さん、若だんな、いらっしゃい。このたびは黒すけを見つけて下さって、ありがとうございます」

若だんなの傍らにいた仁吉が、抱いていた黒すけを店の土間へ下ろすと、仔犬は三ツ村屋を見て、わんと鳴いている。するとその声を聞いたのか、店奥から白すけが出て来て、思い切り尻尾を振った。

(あ、長崎屋から逃げた方の仔犬だ)

途端、黒すけは店の中程へ飛んで行き、白すけとじゃれている。三ツ村屋は笑って、犬を奥へ連れて行くよう、竹蔵《たけぞう》という店の若い者に言った。

「黒、白、おいで」

礼を言いたいと三ツ村屋から招かれ、若だんな達は奥の間へと向かった。若だんな達や仁吉に茶菓子が出されると、何故だか天井が軋む。

(ああ、皆も来てるな)

ここで三ツ村屋から改めて、仔犬を連れて来た礼を言われたので、若だんなは仔犬が離れの近くで、遊んでいたと告げた。すると三ツ村屋は、二匹は店へやってきて間がないゆえ、迷子になったのだろうと話してきたのだ。

藤兵衛が、珍しい毛並みの仔犬だから、特別に手に入れたのかと問うた所、三ツ村屋は笑いながら首を横に振った。

「黒白の二匹は、この三ツ村屋から分家した、元番頭《ばんとう》が飼っていた仔犬だったんです」

毛足の長い綺麗《きれい》な犬だったので、大きくなって、仔犬が生まれる事があったら、分けて欲しいと言ってはいたらしい。ところが。

「その元番頭は、小間物屋をやってましたが、突然病で亡くなりましてね。親の代に分家した者でしたので、歳もいってましたが」

店主夫婦には子がいなかったので、おかみは土地を売って身内の元へゆき、店は畳むことになった。奉公人と仔犬達は、三ツ村屋が引き取ったのだ。

「うちの子供達は犬が大好きで、喜んでます」

「そうだったんですか」

その後、藤兵衛と三ツ村屋の話は、商《あきな》いの事に移ってゆき、止まらない。若だんなは仁吉に目配せをすると、もう一匹の仔犬、白すけを撫《な》でてみたいと、三ツ村屋に願った。

「先ほど目にしましたが、とても可愛い仔犬だったので」

「ああ、どうぞ。誰か、竹蔵を呼んでくれ。仔犬達の所へ、若だんな方《がた》をご案内して」

部屋から出て外廊下《そとろうか》を行くと、見たことのない油問屋の中を目に出来て、興味深い。仔犬達はいつも蔵の脇にある、炭小屋で寝ていると、竹蔵が語った。

「小屋は結構広いので、犬が二匹いても大丈夫で、ほっとしてます」

若だんな達が小屋へ行くと、黒すけ達は竹蔵に、飛びつくように寄ってきた。

「いつもおれ達奉公人が、餌をやってるんです。だから可愛くて」

「白すけも、ふかふかした毛並みですね」

若だんなは仔犬を撫でてから、そっと仁吉を見る。疑問の答えを得たと思った。

(違う気がする。三ツ村屋さんは、仔犬を使って鍵を盗ったりしてない)

三ツ村屋は、大きくなるだろう仔犬を、二匹一緒に引き取ったのだから、仔犬の主人だ。しかし。

(二匹とも、迷子になるかもと言うほど、まだ三ツ村屋さんにも家にも、慣れてない)

その上、大店の店主は忙しいから、世話は奉公人に任せっきりらしい。

(家に帰った時、三ツ村屋さんの顔を見ても、黒すけは飛びついて喜んだりしなかった。三ツ村屋さん、仔犬達とは馴染んでないみたいだね)

少しばかり寂《さび》しい気もしたが、しかし、ほっとする事でもあった。三ツ村屋では、仔犬達を使いこなせない。違和感があったのもそのとおりで、三ツ村屋は賊ではなかったのだ。

「まあ、そりゃそうだよね」

思わずそう漏らすと、竹蔵が戸惑《とまど》うような顔をしている。若だんなはここで、白すけの方を見た。

今日三ツ村屋へ来たら、白すけにも古鍵を、一本渡す気でいた。そして、他の鍵には手を出しては駄目だと、言い聞かせたいと思っていたのだ。だが。

（こりゃ、そんなこと出来そうもないや。竹蔵さんが側にくっついてるし、他にも奉公人達が、近くを行き来しているもの）

今日初めて来た者が、余所《よそ》の家の犬に、あれこれと命じたら、奇妙に見えるに違いない。仁吉を見てみたが、首を横に振っている。

（しょうがない、とにかく黒すけ同様、白すけにも古い鍵を渡して、玩具にしてもらおう）

若だんなは、出来る事をするしかないと己に言い聞かせ、鍵を手に取った。貰った一本に満足すれば、他の店の鍵に手を出す事は、少なくなるかも知れなかった。

だが、ふと気がついて黒すけの方を見ると、若だんなが渡したお気に入りの鍵を、何故だかくわえていない。

「あれ？　黒すけ、お前、鍵はどこにやったの？」

「わぉん」

ちゃんと返事が来るのに、何を言っているのか分からないのが、何とももどかしい。もっとも若だんながこんな風に、人以外からの考えを知りたいと思ってしまうのも、妖らと親しいからかと思う。

（黒すけや白すけは、賊が誰なのか、知ってるんだろうな）

若だんなは白すけへ、古鍵を差し出しつつ思う。盗まれた銭は、日限の親分など岡っ引きが、その内取り返してくれることを、祈るのみであった。

「白すけ、これ、玩具にしていいよ」

途端白すけの目が輝く。ぱくっとくわえようとして……空振りしてしまった。何と黒すけの方が、嬉しそうな顔でくわえていたのだ。

「きゃうんっ」

白すけが一声鳴き、自分が貰った鍵を、取り返そうとする。だが、長崎屋で古鍵を玩具にしていた黒すけは、自分の物だと思っているのか、返そうとしない。若だんなが焦《あせ》った。

「これ黒すけ。玩具は前に長崎屋で、渡してるだろ？　あれがお前の鍵なんだよ」

そう言った途端、若だんなははっとして、素早く周りへ目を向けた。いつぞやのように、頭の中で光が弾け、突然分かった事があった。

（そうか、黒すけは家に戻ったんだ。だから……長崎屋で手に入れた鍵を、主へ渡したんだろう。そう躾けられてるんだから）

だから黒すけは今、鍵を持っていないのだ。つまり。

（黒すけの直ぐ側には、賊がいる。私が犬へ鍵を渡したのを、見たかも知れない）

それは、犬が鍵に執着する事を、若だんなが知っているという事であった。その事を、己から示してしまったのだ。

（拙いね）

総身《そうしん》に、ひやりとしたものが走る。

その賊に、殺されると思ってはいない。今日の若だんなは、仁吉と一緒なのだ。万一、この場で誰ぞに襲われても、仁吉なら守ってくれるだろう。

しかし、賊が慌てそうだと思った。そして、他にも分かった事がある。賊達は、日々仔犬達と過ごし、三ツ村屋より馴染んでいる者なのだ。

（つまり……奉公人の誰かだね。まだ、何人いるのかも、はっきりしないけど）

しかしそうなると、このまま何も言わずにいて、良いのだろうか。若だんなは今、どう動くべきなのか、分からなかった。

仁吉は素早く四方へ、目を配っている。他に声はしない。今、表にいるので、妖達もここまでは付いてきてないだろう。

（どうしよう。どう動くのが正しいんだろう）

決めかねていた時、先に動いたのは、二匹の仔犬だった。

7

「きゃぃんっ、ばうっ」

「わうわうわうっ」

余程《よほど》、鍵が大事なようで、二匹は若だんなが渡したものを巡って、大喧嘩を始めたのだ。

「黒、白、急にどうしたんだっ」

竹蔵が慌てて声を掛けたが、噛みつきはしないものの、仔犬達は喧嘩を止めない。周りにいた奉公人達が驚き、母屋へ走った者もいた。

「ぎゃうんっ」

その大声に引っ張り出されたように、三ツ村屋と藤兵衛が、母屋から出てくる。すると黒すけが、わうんと声を上げ、二匹の間から鍵が飛んで地面に落ちた。

奉公人達が若だんならを遠巻きにし、三ツ村屋が、落ちた物を見る。地面にあるのが鍵だと気づいたようで、店主は目を見開き、それを見つめた。

「何で地面に、鍵が転がってるんだい。一体、何の騒ぎだ」

するとと仁吉が落ち着いた声で、三ツ村屋へ語り出した。

「鍵が転がって皆さんを驚かせてしまい、申し訳ありません。それは長崎屋の、要らなくなった古鍵でして。仔犬が長崎屋にいた間、玩具にしていたものなんです」

するとお気に入りの鍵を、白すけも気に入ったようで、二匹が取り合ってしまったのだ。この時、共に来ていた藤兵衛も、一言添えている。

「うちの者が、勝手に仔犬へ玩具を与えて、申し訳ありません。要らぬ喧嘩を引き起こしてしまいましたな」

三ツ村屋はそれを聞くと、一つ、大きく息を吐《つ》いてから頷いた。ただ、転がっていた鍵へ黒すけが飛びつき、嬉しげにくわえたのを見ると、眉根を寄せる。

「黒すけは、随分《ずいぶん》鍵が気にいっているようだね。だから長崎屋さんも、仔犬に古い鍵を下さったんだろう」

しかしと言い、三ツ村屋は首を傾げている。

「黒すけだけならともかく、白すけも、取り合いをするほど鍵を欲しがるなんて」

「わうっ？」

言葉が分からないからか、二匹はただ楽しげに、鍵の取り合いを続ける。その内黒すけが、寝起きしている炭小屋へ入ったので、白すけも追っていった。

「あ、これ。二匹とも、鍵を玩具にしては駄目だ。鍵に慣れたら、他の鍵にも手を出しかねん。古鍵は長崎屋さんに返しなさい」

三ツ村屋が慌てて声を掛けたが、仔犬に言葉は通じない。周りの奉公人達が、急ぎ炭小屋へ入ったが、なかなか捕まえられないようであった。

若だんなはここでふと、辺りへ目を向けた。

「あれ、竹蔵さんは、どこでしたっけ」

竹蔵なら、仔犬達を抑えられると思うのに、今まで傍らにいた奉公人が見当たらない。三ツ村屋が戸惑うと、仁吉が一言断《ことわ》ってから、素早く中へ入っていった。

「ほら、二匹ともおいで。ご主人が外でお呼びだよ」

「きゅわんっ」

短い声が上がり、仁吉が両腕に仔犬を抱え、表へ出てくる。騒ぎがこれで収まると、若だんなはほっとした。

だが。

僅《わず》かな間の後、仔犬を捕まえようと炭小屋へ入っていた奉公人達から、声が上がったのだ。三ツ村屋が急ぎ中へ入ると、炭小屋の内がしばしの間静まる。

藤兵衛と若だんなは顔を見合わせ、揃って中へ入ってみた。

三ツ村屋の足下で目に入ったのは、余り大きくなく、目立たないが、重そうに見える箱であった。

8

夕刻のこと。長崎屋の離れに、三ツ村屋から帰った若だんなと、妖達が集った。

その日は、何故だか藤兵衛が三ツ村屋に残り、若だんなと一緒には帰って来なかった。仁吉も、若だんなを一旦《いったん》長崎屋へ送った後、同心と会うと言って表へ出掛けていった。

妖達は、三ツ村屋で騒ぎが起こったことは承知だが、詳しい事は目に出来なかったらしい。鍵と仔犬が絡んだ話が、どう転んだのか、詳しい事を知りたがっていた。

よって今日の夕餉は、簡単なもので済《す》ませることにし、飯だけ炊《た》くと、他は振《ふ》り売りの魚屋を捕まえ、山ほど刺身を作ってもらった。買った煮豆と漬物を添えて夕餉にすると、後は、ひたすら仔犬達の話で、盛り上がる事になったのだ。

まずは若だんなが、三ツ村屋へ向かってからの話を、油問屋へ行かなかった者にも語っていく。三ツ村屋の主は、賊ではないと見極めた話に、顔を見せていた火幻と以津真天は、大いに頷いた。

「そういう流れの話になったんですね。いや、面白いな。若だんな、ご飯は、沢山食べて下さいね」

その後、鍵と仔犬達の関わりから、若だんなが、賊は奉公人ではと思った事を告げると、離れで喝采《かっさい》が上がる。

ただ、皆が知りたがっていたのは、その先の事であった。小屋内から出た物の事と、一件がどう終わったかを聞きたいのだ。

「それで、それで？　三ツ村屋さんで、箱が見つかったんですよね。それ何だったんですか？　あたし達は遠くからしか、見られなかったんですよ」

もしかしたら、もしかして。場久や金次の目が輝き、おしろは興奮したのか、若だんなの茶碗に、いつもの三倍くらい飯を盛ってくる。若だんなは、三ツ村屋の主が、箱の錠前を壊し、中を検めた事を告げた。

「中には銭が山ほどと、金銀が少し入ってた。箱の内側に、銭両替の店の屋号紋《やごうもん》があったから、先だって盗まれた銭に、間違いないって話になったんだ」

三ツ村屋は魂消、寸《すん》の間、声も出ない様子だった。それであの時、銭函の件を仕切ったのは、何と、客として来ていた藤兵衛であったのだ。

「おとっつぁんは、まず炭小屋で、仔犬達の世話をしてたっていう竹蔵さんから、話を聞こうって言ったんだ。みんな、どうしたら良いのか分からない様子だったから、その言葉にただ、従ってた」

ところが竹蔵はやはり、店内に見当たらない。誰か行方《ゆくえ》を知らないか問うたが、返事が無かった。

「この辺りで三ツ村屋さんや、あの店の奉公人達の顔つきが、怖くなってきてね」

もしや行方を承知しているかと、隣の店にいるという、竹蔵と親しい奉公人にも、問いを向けようとしたのだ。ところが。

「奉公人達まで、姿を消している。竹蔵さん達が悪事をやらかしたんだね」

三ツ村屋は、腹に力を入れ直したように見えた。ここで藤兵衛が急ぎ、賊に入られた銭両替の店の主に、三ツ村屋まで来て貰い、銭函を確かめてもらったのだ。

箱は、確かに銭両替の店の物だと分かった。

「おおおっ、盗みが露見したのですね」

「場久さん、目がきらきらしてますよ。でも若だんな、そうと決まったら、三ツ村屋さんが、困りませんか？」

奉公人が犯した罪が、店にまで及ぶのではないかと、鈴彦姫は心配したのだ。だが藤兵衛は、その点をとうに考えていたらしい。

「銭函は重かったので、見知らぬ賊は運びきれず、たまたま開いていた三ツ村屋さんの炭小屋へ、置き去りにして逃げた。そういう話をこしらえてたんだ」

そしてそれを、銭両替の店と、後で来た同心の旦那に、承知してもらった。

「そんな話にした方が、三ツ村屋さんから出る詫《わ》びの金が、多かったからだろう。銭両替の店の旦那さんは、喜んで納得したよ」

三ツ村屋は、奉公人がしでかした事への償《つぐな》いとして、かなり多めに金を足して、銭函を戻すことにしたのだ。

一方、同心や岡っ引き達にとっても、その話はありがたいものであった。目と鼻の先にある店に、奉公人として働く賊がいたのだ。なのに取り逃がしたとなると、かなり拙かったのだ。

その時、おしろが顔を顰《しか》めた。

「竹蔵さん達は、どうして仔犬達を盗みに使ったんでしょう。仔犬達は何も分からなくても、お仕置きされるかもしれないのに」

若だんなは、ここからは自分の考えだと言ってから、話を続けた。

「竹蔵さんは、畳んだ小間物屋の店から、引き取られた奉公人だったんだ。そして仔犬達も、小間物屋で飼われてた。多分、前々から竹蔵さんが世話してたんだね」

「ああ、竹蔵さんなら仔犬達に、言う事を聞かせる事が出来たんですね。だから、鍵を盗るよう仕込めたんだわ。巧《うま》く使えそうだったから、深く考えもせず、仔犬達を利用したのね、きっと」

三ツ村屋が、元番頭の店の奉公人を引き取ったのは、情のあるやり方だと、若だんなは思っている。ただ竹蔵は、大店の商いなどした事はない。油問屋も初めてだ。

「竹蔵さんは、小僧《こぞう》というほど若くもないのに、炭小屋で犬の世話をしてた。正直に言えば、奉公人として期待されてないよね」

犬の世話を続けても、いつか三ツ村屋を辞める事になると、思ったのかも知れない。奉公先の店を辞める者は多いのだ。だから。

「他にも、先が不安な奉公人がいて、金を得ようと集ってしまったんだ。仔犬達を仕込んで、たまたま上手く鍵を盗ってこられた店へ、盗みに入ったんじゃないかな」

皆、何かをやり直せる金が、欲しかったのだと思う。働きながら盗んだから、近場の店へ入った。盗みに慣れていないから、仔犬達が鍵を盗れなかった長崎屋には、何も出来なかったのだ。木戸が閉まる前に、奉公人が行き来出来ない程遠い根岸の寮には、盗みに行けなかった。

「あら、賊が根岸へ来なかった訳は、そういう事ですか」

数人が、まともなお店勤《づと》めをしつつ、薄闇《うすやみ》の刻限《こくげん》になると、盗みへ手を出していたのだ。何か薄ら寒いと、場久が口にする。

「真っ当な生き方と、捕まれば仕置きになる賊との境《さかい》が、何とも薄いというか。余りに簡単に、闇へ手を染めてます。それを怖いとも思わなかったんですね」

屏風のぞきが、顔を顰めた。

「竹蔵さんは、店を辞める事を心配した。なのに、馬鹿《ばか》をした十年後に、己がどうなってるのかは、案じなかったんだな」

だが人は、あっという間に年を取っていく。十年先、二十年先は直ぐに来るのにと、付喪神は語ったのだ。

「盗人というのは、妙な奴らだね。まあ、だから通町には居られなくなっちまった訳だ」

残金を数え、盗んだ銭函から金銀を選び出し、持って逃げたと分かったが、繁華《はんか》な地から、どこへ行ったのだろうか。三ツ村屋は穏便に事を収めたが、しかし噂は早くも流れており、通町の店は逃げた竹蔵達を、再び迎え入れる事はない。今いる奉公人と店を守るのも、店主の務めであった。

「ああ、こういう終わり方になりましたか」

鈴彦姫が、そう言った時だ。

「きゅんげーっ」

鳴家達の悲鳴が聞こえ、離れに白と黒の仔犬二匹が飛び込んでいた。小鬼達はまたもやお気に入りの鍵を取られ、怒っていたのだ。

「あ、いけない。仔犬達の事を、まだ片付けてなかった。さて、どうしたらいいんだろう」

若だんなは困って、機嫌良く遊ぶ仔犬達を見ている。

「鍵に執着してるところを、三ツ村屋さんに見られてる。もう、あの店では飼えないって、言われちゃったんだ」

野良にするのも可哀想だと、若だんなが言い、とりあえず藤兵衛が引き取ってはきた。だが親は若だんなへ、里親を探すよう言ったのだ。

「二匹に、店の新しい鍵を玩具にされたら、困るからね」

「……そうですよね」

しかし大きくなりそうな上、鍵が大好きな仔犬達は、もらい手が見つからないかもしれない。おしろが妖達にも声を掛けて、引取先を探していると言ってきた。

「黒すけも白すけも、良い仔です。きっと行き先が、見つかりますって」

「うん、二匹とも可愛い仔犬だし」

ただ錠前と鍵がある店へ、二匹を託《たく》すわけにはいかず、若だんなは苦戦していたのだ。

すると、ある日河童が、思わぬ話を長崎屋へ持ってきた。船頭《せんどう》をしているという河童が、舟で仔犬の事を語った所、客から、思わぬ話を貰ったと言うのだ。

「今日、仔犬達の為に、この杉戸《すぎと》が持ってきたのは、引き取り手の話じゃありません。働き先を決めないかという、お誘《さそ》いでして」

「は、働き先？　仔犬達の？」

「きょげ？」

長崎屋の皆は、離れに並んで、真剣に驚いた。しかし杉戸からよく聞いてみると、無茶な話ではなかったのだ。

「鍵が大好きな、白と黒の仔犬が居ると、舟で話したんです。そうしたら両国《りょうごく》の親分さんが、面白いと言ってくれたんですよ」

そして鍵を見分け、くわえられるのなら、両国の見世物小屋の出し物に、使えるかも知れないとも言われたのだ。

「もし、出し物が上手く行かなくても、大きな犬でしたら、小屋の番犬になれます。親分さんの屋敷で、飯と寝る場所を用意して下さるそうです」

働かねばならないが、両国の地なら、多少変わった所がある犬でも、やっていけるに違いない。そして河童は、自分も長崎屋の妖達も、気がつけば働いていると言ったのだ。

「そういえば、貧乏神だって働いてますね」

おしろが言い、皆は顔を見合わせた後、大きく笑った。そして無事、黒すけと白すけが暮らす先が、決まる事になった。

「今日は、お祝いをしなくては。仔犬達が好きな、山鯨《やまくじら》の鍋にしましょうか」

「ならあたしが、ももんじ屋で買ってくるよ」

若だんなが熱を出したから、薬食いにすると言えば、店は良い肉をくれるだろうと、屏風のぞきが笑った。

「山鯨！　猪《いのしし》の肉だね。久しぶりだ」

「わうっ？　わんっ」

仔犬達が明るく鳴いている。若だんなはその様子を見て、ふと、並の勤めから欠け落ちてしまった、竹蔵達奉公人を思った。だが、もうその噂すら、通町には届いてくる事はないのだと、分かっていた。

長崎屋の怪談

まこととは何なのか。

目にしたと信じている事が、本当なのか。実は、眼前にあるのは夢で、夢と思った事こそ本物なのかもしれない。

若だんなはある日、そう思い至った。

1

江戸の通町《とおりちょう》は既《すで》に、夜の闇《やみ》の中にあった。

長崎屋《ながさきや》の離《はな》れでも、若だんなは小鬼《こおに》達と共に、早めに休んでいる。

しばしの間、また熱を出していたからだが、若だんなは病《やまい》に慣れている。病んだら腹を決め、碁盤《ごばん》や浮世絵《うきよえ》や貸本、甘酒に落雁《らくがん》などと、部屋で休むのみであった。

（でも、大分《だいぶん》良くなった。もうすぐ、本を読んだり碁を打つだけじゃなくて、外へ歩きにも行け

るんじゃないかな）

（また高座《こうざ》に出た場久《ばきゅう》の噺《はなし》を、聞きに行けたら嬉《うれ》しい。寄席《よせ》のざわめきが恋しくて、若だんなは夜、なかなか寝付けなかった。

ところが。

やっと寝入ったと思っていたのに、ふと、目が覚めてしまったのだ。若だんなは小さく首を傾《かし》げた後、布団に入っている鳴家《やなり》達を気遣《きづか》いつつ、そっと身を起こした。

ただ、そうは言っても、辺《あた》りは黒一面の闇で、近くにあるはずの襖絵《ふすまえ》すら見えない。

「はて、何で起きたのかしら」

もう一度首を傾げていると、なんとそれに答えて、傍《かたわ》らから語ってきた者がいた。

「若だんな、夜分に失礼しますよ」

若い声であった。

おなごが話す、柔《やわ》らかい言葉だった。

すると、鳴家にもその言葉は聞こえたようで、何匹かの小鬼が起きてしまい、布団の中からもぞもぞと這《は》い出てくる。

「きょんわっ、何？」

だが直《す》ぐ、びくっと震えが伝わってきたと思ったら、鳴家達は若だんなの懐《ふところ》に飛び込んできた。その後、胸元で動きつつ、きゅい、きゅわと鳴いている。

「若だんな、何かいる。お化《ば》け？」

「まあ酷《ひど》い。そこな小さい者には、この綺麗《きれい》な娘が、お化けに見えるのかしら」

「きゅんげ、綺麗？　ほんと？」

小鬼がそう言った途端《とたん》、部屋の闇が渦を巻いたのが分かり、おびえた小鬼達が着物の奥へ引っ込む。若だんなは少し笑みを浮《う》かべると、黒い渦へ向け、申し訳《わけ》ないが、自分には闇しか見えないと正直に言った。

「あ、あら。確《たし》かにこうも暗くては、綺麗かどうかなんて分からないわね」

すると、目の前の闇が淡く光を含み、その中におなごの姿が浮き上がってくる。声が告《つ》げたように、秀麗な見目形《みめかたち》ではあったが、見覚えはなかった。

「はて、知らないお人のようだ。私に何か、ご用ですか」

夜中に突然《とつぜん》、怪しい訪問を受けた訳だが、常にない事には慣れており、落ち着いて声を返した。長崎屋は若だんなが生まれる前から、怪《あや》しの者達と縁が深いのだ。

ただ、おなごの眉尻《まゆじり》がここで、さっと下がってしまう。

「あら、お前様はあたしのことを、見忘れているんですか。まあ、それはないでしょうに。こうして御身《おんみ》とまた会えて、あたしは、それはそれは嬉しかったんですよ」

柔らかく言われたが、言葉には、恨《うら》みのようなものも含まれている。若だんなが困った顔になると、おなごは僅《わず》かに笑い、辺りの闇がまた、ぞわりと渦を巻いた。

「なら、これから想い出してもらえるまで、あたしは何度も若だんなの側《そば》に、現れる事にいたしましょう。ええ、それがいいわ」

「きゅんげっ、怖《こわ》いっ」

「あら、うふふ」

おなごはこの時まで、余裕の振る舞《ま》いであった。夜の闇の中、まだまだ長く語る気だと、思えたのだ。

だがここで、おなごを浮かび上がらせている、淡い光が不意《ふい》に揺れた。そしておなごは、唐突に消えてしまったのだ。

「おや、どうしたのかしら」

すると、つぶやく若だんなの背後から、溜息《ためいき》のようなものが聞こえてくる。振り返ると、離れに置かれている屏風《びょうぶ》の付喪神《つくもがみ》、屏風のぞきが姿を見せ、眉尻を下げていた。

「若だんな、妙《みょう》なものが入り込んできたね」

寝ているかと思っていたが、付喪神も人ならぬ者。屏風が置かれている離れで、怪異《かいい》が話し出せば、気がつかない筈《はず》もなかったのだ。

(けどおなごの怪異は、屏風のぞきに驚いて逃げる妖《あやかし》なんだ。そういうの初めて見たな)

こう言っては申し訳ないが、百年の時を経た物が化す妖、付喪神は、強い力を示した事はないのだ。その屏風のぞきは口を尖《とが》らせてから、先を続けた。

「この離れには、強い力を持つ、仁吉《にきち》さんや佐助《さすけ》さんの部屋がある。長崎屋に縁のない妖は気圧《けお》されて、入ってこられない筈なんだけどねぇ」

「きゅんべ?　でも現れたの。小鬼を起こしにきた。また来るの」

小鬼達は、若だんなの懐で鳴いている。長崎屋の離れは妖と縁が深い故《ゆえ》、不思議な気配は多くあるから、紛《まぎ》れて分かりづらい。それでも辺りを見回した屏風のぞきは、もう寝ても大丈夫だろうと言ってきた。

「とりあえず、おなごは消えたし、嫌《いや》な気配もない。若だんな、治りかけた病がぶりかえすと拙《まず》いから、今夜は、とにかく寝てくれ」

話は屏風のぞきから、兄《にい》や達へ伝えておくと言い、付喪神の姿は影の内へ消えてゆく。若だんなは小鬼達と布団に潜り込んだ後、そう言えば屏風のぞきの姿は、どうして闇の中でも直ぐに見えたのだろうかと、不思議に思いつつ目をつぶった。

2

翌日、若だんなは目を覚ました時、思わずわっと、声を上げそうになった。

仁吉と佐助の二人が、何故《なぜ》だか布団の両側に座って、上から若だんなを覗《のぞ》き込んでいたからだ。

「あ、びっくりした。おはよう。今日は早めに寝間へ来たんだね」

だが、早くに寝間へ来ただけでなく、仁吉と佐助の機嫌《きげん》は、とんでもなく悪かった。おかげで二人を見た鳴家達が震え、なかなか布団の内から出て来ない。

仁吉は若だんなの額《ひたい》に手を当てた後、頷《うなず》くと、己《おのれ》が見立てた着物を着せかけてくる。緑の着物に手を通しつつ、若だんなは兄や達に顔を向けた。

「仁吉、佐助、怖い気が総身から出ているから、小鬼達が出てこないよ。朝っぱらから針のような黒目になって、どうしたの？」

二人の黒目は、一瞬で人のように丸くなったが、機嫌の方は直っていない。若だんなが羽織を着た後、佐助が布団を畳《たた》みながら、まず、不機嫌の訳を語ってきた。

「若だんな、昨夜、妙な者が部屋に、湧いて出たそうですね」

「屏風のぞきは、もう話したんだね。あらま、夜中に兄や達を起こしたの」

「屏風のぞきは、早くに知らせておかないと、後で井戸に吊《つ》り下げられるからと言ってました。ええ、その通りでしたね」

離れに現れたおなごの怪異は、誰にも止められず、離れの寝間へ入ってきていた。

「おなごが何者かは、分かってません。そもそも我ら二人が、怪しいおなごに気がつかなかった事が許せません。そやつが悪意の塊《かたまり》だったら、若だんなは昨晩、殺されていたかも知れないんですよ」

兄や達は、何よりそこを気にしていたようで、朝から気を立てていたのだ。

「大丈夫だよ。あのおなごの怪異、危ない輩《やから》には見えなかったし」

しかし兄や二人は、納得しなかった。

「怪異は、ただの弱き者ではありません。この仁吉や佐助に怯《おび》えもせず、長崎屋の部屋の内まで来たんですよ」

よって放《ほう》ってはおけないから、もっとおなごの怪異について聞きたいと、二人は言ってきたのだ。

(大丈夫だと言っても、納得しないか)

諦《あきら》めた若だんなは、炭を入れた火鉢《ひばち》の傍らに座り、夜中の事を思い浮かべた。

「そう、真夜中に突然、何かの気配で起きたんだ。そうしたらおなごが一人、闇から湧いて出てきたんだよ」

見目の良い若い怪異だったと、若だんなは続ける。ただそのおなごは、若だんなを見知っている様子だったのに、若だんなはさっぱり見覚えがなかったのだ。

「おや、その怪異の方から、若だんなを知っていると言ってきたのですか」

「自分のことを見忘れてるなんて、それはないとも言ってたかな。想い出してもらえるまで、何度も私の側に現れるそうだよ」

「ほお……良い度胸《どきょう》の怪異ですな」

佐助が、物騒な気配を漂わせ始める。

だが若だんなは昨夜のおなごを、心配したりはしなかった。昨夜、どうやって長崎屋へ入ったのかは、まだ分からない。

「でもさ、こうして兄や達二人に、気づかれたんだもの。また離れへ忍び入るなんて、無理だよね。だから、そんなに気を立てること、ないと思うんだけど」

だが、兄や達の不機嫌は直らず、妙な者は、二度と離れに入れないと言い切ってくる。

「でも若だんな、しばらくはご用心を」

するとここで、離れに置かれた屏風から、屏風のぞきの声が聞こえてくる。

「ちょいと兄やさん達。この屏風のぞきにも、話を聞かなくていいのかい？」

すると仁吉が、お前からは昨夜、聞いたと言ってくる。しかし付喪神は、朝まで色々考えていたと、勝手に言葉をつないだ。

「でね、あたしは凄《すご》い事を考え付いたんだ。ほら、あたしって鋭《するど》いから」

屏風のぞきは、自分で己を褒《ほ》めている。

「新たな怪異にはさ、また場久の悪夢が、関わってるのかもしれないよ。悪夢を見ている誰かが、場久の夢の場を伝って、離れへ入りこんだわけだ」

夢は大勢が見るものだ。よって怪異とただの夢の差など、兄や達でも分からないだろうと、屏風のぞきは得意げに続けたのだ。

すると佐助が、溜息を漏《も》らす。

「屏風のぞき、お前達妖仲間は、ここのところ何かあると、場久の悪夢のせいだと言うようになってないか？」

そういえば格好が付くし、最初から否《いな》とは言われないからだろうと、仁吉が言う。屏風のぞきは、言い返してきた。

「そ、そんな事はないさ。あたしはちゃんと考えて、話してるだけだよ」

仁吉と佐助が顔を見合わせ、ならば答えを知るため場久を離れに呼んで、事情を問《と》おうと言い出した。若だんなは首を傾げる。

「あの、これから聞くの？　でも場久は、もう朝餉《あさげ》を済《す》ませて寄席へ行ってるよ、きっと」

場久の本性は、悪夢を食べる獏《ばく》であった。悪夢の内を支配し、時に夢を食べる。そして今では長崎屋の家作《かさく》で暮らし、食べた夢を怪談にして語る、人気の噺家になっていた。

「ならば昼餉《ひるげ》時に場久を呼び、話を聞きましょう。怪しいおなごは、早く退けねばなりません」

「わざわざ寄席から来てもらうなら、話しながら、昼餉を一緒に食べようか」

すると若だんなが食べるのなら、昼餉は佐助が用意するから、好きなものを言ってくれと促《うなが》してくる。直ぐに返答をしたのは、鳴家達であった。

「きゅいっ、お蕎麦《そば》食べたいっ。串に刺した天麩羅《てんぷら》、たっくさん添えたやつ」

小鬼達が、目を煌《きら》めかせて言ったので、若だんなは笑って頷いた。すると屛風のぞきが、それは嬉しげに、自分も相伴《しょうばん》すると言い出した。

「薬種問屋《やくしゅどんや》で働いている奉公人《ほうこうにん》が、屋台で天麩羅を沢山《たくさん》食べてると、支払いの銭《ぜに》は持ってるのかって疑われるんだ。表じゃ天麩羅を、存分《ぞんぶん》に食べられないんだよ」

付喪神は屋台の主《あるじ》から、払いを心配されるほど、天麩羅を食べた事があるらしい。

「きゅい、天麩羅、好き」

嬉しげに鳴くと、場久と天麩羅を呼んでくると言って、鳴家が離れから出て行く。

「おいおい、話をするために、天麩羅と蕎麦を食べるんだぞ。昼餉のために、噺家場久を呼ぶんじゃないんだぞ」

佐助はそうは言ったものの、既に小鬼達は、山と食べる気だと分かったらしい。佐助は溜息をつきつつ、蕎麦打ちのため母屋《おもや》の台所へ消えた。すると、続いて店《たな》へ呼ばれた仁吉と入れ替わるように、猫又《ねこまた》のおしろと鈴彦姫《すずひこひめ》が顔を出してくる。

「若だんな、妙なおなごが離れへ入りこんだんですって？　天麩羅や蕎麦を食べる時、ついでにその件を話す。だから離れに集まるようにって、鳴家から聞きました」

「おしろ、小鬼ときたら、そんな風に言ってたのかい？」

屛風のぞきが苦笑を浮かべ、事情を話すと、話し合いでも昼餉でもなく、宴会になりそうだと、おしろが笑った。

「大勢集まったら、蕎麦は足りるのかしら。ああ、佐助さんが打ってくれてるんですね。それな

きた。

ら、沢山食べられそうです」

ならば付け汁《じる》、大根おろし、わさびなどの用意は、自分達がやっておこうと、おしろは言っている。野菜を買うため、鈴彦姫が振《ふ》り売りを呼びに庭へ出て行くと、そこへ貧乏神金次《びんぼうがみきんじ》もやってきた。

「ひゃひゃっ、鳴家が、離れで天麩羅を食うんだと、あちこちで言い回ってるよ。場久と話し合い？　その件は知らなかったねえ」

昼餉の話を聞いた火幻《かげん》医師が、往診《おうしん》を早めに終えて、宴会へ来たいと走っていたらしい。医者と二階屋《にかいや》に暮らす西の妖、以津真天《いつまで》は、天麩羅とは何だと言っていたようだ。

「皆、食べる気満々だから、天麩羅は、たっくさん揚《あ》げた方が良いと思うよ。あたしの分は烏賊《いか》と小鰭《こはだ》、蓮根《れんこん》に長芋《ながいも》なんかが、あったらいいから」

おしろと若だんなが、顔を見合わせた。

「天麩羅も、離れで揚げた方が良いみたいですね。母屋の台所で、山のように揚げたら、誰が食べるのかって不審がられそうです」

「あのね、何だか怪異の相談から、どんどん離れて行ってるんだけど」

そんな事で良いのだろうかと、若だんなは首を傾げてしまった。

「ひゃひゃっ、若だんな、何とかなるって」

金次が笑った時、鈴彦姫が戻って来て、お金がないと、振り売りが売ってくれないと言ってきた。見れば妖達は、既に何人かの振り売りを、長崎屋の庭へ呼んでいたが、付喪神は払いのことを、考えていなかったのだ。

「あら、天麩羅も作るんですか。なら卵や小麦粉、魚も必要です。あ、お酒やお醤油《しょうゆ》、天麩羅を刺す竹串なども買わなきゃ」

若だんなが屛風のぞきに財布を渡すと、長崎屋の奉公人となって、金の払いにも慣れてきた付喪神が、振り売り達の所へ向かった。

「きゅんい、鳴家は一杯食べる」

ここで母屋から佐助がやってきて、たっぷりと打って茹でた蕎麦を、おしろへ渡した。離れで天麩羅を作る事を伝えると、助かると言った佐助の横で、小鬼達が面白がって、揚げ物作りの邪魔を始めている。

一方、椀《わん》や皿をいくつ出したら良いのか、鈴彦姫が迷い出した。

「ええと、まずは若だんなと兄やさん達、屛風のぞきさんに金次さんがいますね。それと、おしろさんと私と小鬼」

八つと言ってから、鈴彦姫は眉根《まゆね》を寄せた。

「あら？　何故だか器が十、既に並んでます。ああ、火幻医師と以津真天さんも来るんですか。でもまだ、誰か抜けてる気がします」

目をしばたたかせてから、鈴彦姫が笑った。

「そうそう、場久さん。今日、昼餉に集《つど》うのは、場久さんから話を聞くためでした」

鳴家は大勢いて、椀は多く必要だから、結局、ありったけの椀や皿が、離れの内に並ぶ。そして茹でたての蕎麦や付け汁、酢蛸《すだこ》に、玉子焼きが並んだ頃、妖達も集ってきた。

天麩羅を、揚げ始める。

「きゅい、鳴家はちゃんとお腹空いてる。偉《えら》い」

「以津真天は、天麩羅を見るのは初めてです。はて、串を打ってあるんですね」

「おや悪夢について、話があると聞いて来ましたのに。昼間から宴会でしたか？」

丸火鉢に置かれた鉄鍋《てつなべ》で、どんどん揚げられている天麩羅を見て、最後にやってきた場久が目を丸くしている。ただ仁吉が母屋から戻ってくると、渋《しぶ》い顔で昨夜の件を語ったので、場久は苦笑を浮かべた。

「何と、真面目《まじめ》な集いだったんですね。いや、玉子焼きや天麩羅、蕎麦が出ていても、多分……あたしはちゃんと話せます。あっ、天麩羅は烏賊、小鰭《ちそう》、薩摩芋《さつまいも》をお願いします」

玉子焼きも欲しいと、場久は話を後回しにして、ご馳走を選んでいる。若だんなが、おなごの怪異が現れたので、仁吉の黒目が朝方、針のようになった事を告げると、獏は、串に刺した烏賊の天麩羅を手に深く頷いた。

3

「いや、ご馳走に目が行ってて、済みません。でも」

今回は自分が話しても、大して役には立たないと、場久は烏賊の天麩羅の串を振りつつ、はっきりと言った。

「夜におなごの怪異が突然、若だんなの傍らに現れたら、悪夢が関わってると思うのは、分かります。ですが今回、あたしの悪夢は関係してない筈ですよ」

「おや、違ったの」

若だんなが驚き、妖達の目も天麩羅から離れて、一斉に場久へ向けられる。悪夢を食う獏は、ある事情を語った。

「実はこの所、あたしは毎晩、神田《かんだ》の西の辺りに住む、お武家達の所へ行ってるんです。旗本《はたもと》から軽輩《けいはい》のお武家まで、立場は様々ですが」

神田で悪夢を見る武家が、急に増えたからだ。

「少し前に、城勤めでも番方《ばんかた》の上役に、癖のある御仁《ごじん》が就いたらしくて。その頃からお武家が、怖い夢を見るようになったと言うんですよ」

勤めに障《さわ》りが出るからか、その上役の名は誰も口にしていない。ただここ何日か、強烈な悪夢を見る者が出ているのだ。

「毎日の暮らしにも、支障が出る者がいるそうで。何かの祟《たた》りかも知れないと、何と、広徳寺《こうとくじ》の寛朝《かんちょう》様に相談するお武家まで、現れてるそうです」

「きょんべ」

何が始まったのかと興味が湧いてきて、場久は神田から離れられないのだ。

「へえ、お武家達は、どんな悪夢に苛《さいな》まれてるんだい？　その変な上役に、責《せ》められる夢かな」

屏風のぞきが問うと、場久は薄く笑って、否と言った。

「神田の悪夢、結構強烈らしいと思ったんで、寄席で話してみたいと思いました。で、お武家の悪夢を、じっくり見てみたんですよ」

するともちろん、上役の接待をしくじるという悪夢も、あるにはあった。しかし大概の悪夢は、場久が既に、どこかの寄席で語ったような夢だったのだ。

「鬼に追われたり、巨大な骸骨《がいこつ》と対峙したりという悪夢で、心躍《おど》りました。でもねえ、あたしは以前、似た怪談を語ったことがあった。そんな夢を話したんじゃ、前の話と似てるって、お客に言われちまう。惜《お》しかった」

場久は、寄席で話せない話に、惹かれないのだ。すると、屏風のぞきが笑った。

「心躍る悪夢って、凄い言い方だよな」

「きゅい、屏風のぞき、小さな大福餅《だいふくもち》は、心躍る悪夢」

ただ、場久が使わない夢でも、悪夢を見続けていれば、武家達は体を壊しかねない。その武家達から、一度に頼られた高僧《こうそう》、寛朝は大変だろうと、場久は話している。

「他と似ておらず、使える悪夢が見つからないかな」

場久は諦めきれず、今も時々、神田の夢を歩き回っているのだ。

「ただ歩き回っているので、承知している事もありまして。今回神田の悪夢に関わってるのは、全員武家なんです」

武家の城勤めの中でも、番方に勤めている者ばかりであった。よって夢も無骨《ぶこつ》で、おなごの怪異との繋《つな》がりは、思いつかないと言う。

「でもこのお江戸には、悪夢を見ているおなごも数多《あまた》いますよね？　神田以外の人も、夢を見ているでしょう？」

鈴彦姫の言葉に、場久は頷いた。ただ。

「あたしはその夢に、関わっていません。その場合、あたしの悪夢を伝って長崎屋へ入り込む事は、無理なんですよ」

「あっ、そうか。おなごの怪異を忘れてました」

するると薩摩芋の天麩羅を、小鬼達に囓《かじ》られつつ、屏風のぞきが首を傾げた。

「おやおや、不思議な話になってきたねぇ。つまり兄やさん達がいるにもかかわらず、しかも悪夢を使わないで、この離れへ入りこんだ者がいたって事なのか?」

妖がそう言った途端、小さな火花が離れで、無数に弾けた気がして、若だんなは一寸《ちょっと》、首をすくめた。ただ蕎麦を手にした仁吉は、落ち着いた顔で、長崎屋へ入る怪しの者も、いるに違いないと言い出した。

「例えば若だんなの祖母君、おぎん様程《ほど》強い御仁であれば、私や佐助が居《い》ても、構わず離れへ入り込めるでしょう。そういう者が現れる事を、案《あん》じております」

そこまで強い何者かが暴れたら、若だんなは、逃げる術《すべ》すらないと思われた。

「ひゃひゃっ、怖いねぇ」

貧乏神が目を細め、他の皆が蕎麦を食べる手を、一斉に止める。だが何と、何匹かの鳴家と若だんなだけは、平気な様子であった。

「あのね、仁吉。心配するような妖も、いるとは思うけど。でも夜中に見たおなごからは、そんなに強い気は感じなかったよ」

若だんなはただの人だが、日々、様々な怪しの者達と会っている。少なくとも兄や達より強い者なら、会えば危《あや》ういと分かる筈なのだ。

「そりゃ、おぎん様の血を引く若だんななら、きっと分かります」

おしろは、玉子焼きを見つめつつ言った。

「それに考えてみれば、です。あたしや場久さん、金次さんが住んでる一軒家は、離れから近いですものね」

夜中に、兄や達より強い者が、強引に離れへ入り込んだら、一軒家の者は、きっと飛び起きると、おしろは続けた。しかし。

「そんな事は起きてません。若だんなが言った通り、現れた怪異は強くはないと思います」

「小鬼、戦おうと思ってた。残念」

ここで火幻医師が、眉根を顰《ひそ》める。

「だけど妖として弱いとなると、そのおなごは長崎屋の離れに、どうやって入ったんでしょうね。やはりそれを考えてしまいます」

そしておなごの怪異が、本当に以前、若だんなと会っていたとしたら、若だんなはどうして覚えていないのだろうか。

「若だんなは、人の顔を良く覚えている方ですよね？　でも、おなごの怪異は、思い出せない。誰なんでしょう」

皆が黙《だま》ってしまい、火幻医師は考え込んでいる。部屋内では寸《すん》の間《ま》、天麩羅を揚げる音だけが聞こえていた。

すると。

そんな時、その沈黙を最初に破ったのは、何と、火幻の横に座っていた以津真天であった。西から来た妖は、思わぬことを語った。

「あの、えーと、さっきからその、天麩羅の事が、気に掛《か》かってるんですが」

おなごの怪異ではなく、何と、天麩羅について語り始めたのだ。

「天麩羅？　皿の上のごちそうが、どうかしたのかい？」

屛風のぞきが問うと、以津真天はおずおずと、烏賊の天麩羅が一つ、減ってしまったと言い出した。屛風のぞきは困った顔になり、以津真天へ目を向ける。

「以津真天、皆で食べてるんだから、皿から食い物が減るのは、当たり前だろ？　以津真天も、もっと食べていいんだぞ」

「あの、屛風のぞきさんっ、それは嬉しいです。けど、けど」

「以津真天、まずは落ち着いてみて」

若だんなが語りかける。以津真天は、西から江戸へ来て間がないし、まだ人の内での暮らしに慣れきっていない。上手《うま》く語るのも不得手《ふえて》と分かっているので、ゆっくり話しかけると、以津真天はほっとした様子で事情を告げ始めた。

「あの、あたしは先ほど、烏賊の天麩羅を一つ、もらいまして。天麩羅、美味しいですね」

だから、もう一つ欲しいと思った。それで以津真天は、天麩羅を数えてみたのだ。

「烏賊は二十串、ありました。隣の蓮根も、反対側の薩摩芋も、同じ本数並んでました」

沢山あるから食べても良さそうだと、手を伸ばした時、以津真天はその動きを止めたのだ。烏賊の天麩羅を、つかめなかった。

「その、目の前の天麩羅の烏賊が、動いて逃げたんですよ。あたしは、それを皆さんにお伝えしたくて」

佐助がまさかと言って笑った。

「以津真天、天麩羅は好きなだけ食ってくれ。作ったおしろ達が喜ぶよ。それと烏賊の天麩羅の事は多分、見間違いだ」

揚げた烏賊が、足を生やし己で動く訳もない。佐助がそう話すと、皆が、大皿に並んだ烏賊を見た。すると、小鬼がしかめ面《つら》になったのだ。

「きゅんべ、烏賊、足、上げてる」

小鬼が真剣な顔で、天麩羅が載《の》った大皿を指した。

「あれま、本当だ。天麩羅の衣から、烏賊の足が出てるよ。しかも動いてる」

若だんなが見つめた先で、烏賊は足を動かし、器用に皿から這い出て畳に落ちた。そしてあっという間に蛸の酢の物が入った器の影内《かげうち》に至ると、消えてしまったのだ。

「あら、まあっ」

しっかり揚げたと思っていたのに、あの烏賊、まだ生きていたのかと、おしろが驚いている。

「おしろ、揚げられて生きてる烏賊は、いないと思うがね」

仁吉が大真面目に言うと、傍らで佐助が、隣に置かれた器を見つめている。

「何と、今度は酢蛸が這い出てきた。さっきまで、薄切れになっていた気がしたんだが。ちゃんと蛸の形に戻ってるな」

「酢蛸って、時々、元の蛸に戻ったりするものなんですか？」

以津真天が真面目に問うたので、そんな蛸には会った事がないと、火幻医師が、酢蛸の誠実さを語っている。若だんなが、そのうち玉子焼きがひよこに化けそうだと言った所、本当に黄色い雛《ひな》が、離れで駆《か》け回り出したので、笑ってしまった。

「ありゃ、これじゃ食べられないね」

「きょんげーっ、一大事っ」

すると、離れに置かれた他のご馳走も、遠慮が無くなってきた。蓮根は蓮《はす》の花を咲かせた後、枯れてしまった。貝柱は、貝殻が現れて中身は消え、芋は蔓《つる》を伸ばすと、影内へ潜って無くなった。

「蕎麦は？　無事か？」

屏風のぞきが慌《あわ》てた顔で見ると、大きな木鉢に、山と盛《も》られていた蕎麦切りは、何故だか蕎麦の実の山に戻っている。

「ありゃあ……食べられるものが消えてる」

呆然《ぼうぜん》とした声が聞こえ、皆の眉間《みけん》に皺《しわ》が寄る。だがじき、若だんなは手を打って、笑い出してしまった。

「若だんな、大丈夫ですか？　何で手を叩《たた》いてるんですか？」

「だってさ、こんなに不思議な事、両国《りょうごく》の見世物小屋でも、見たことがないんだもの」

まるで手妻《てづま》のようで、それは見事だった。

「もう一回見せてもらえるなら、木戸銭《きどせん》を払いたいな」

若だんながまた笑うと、まるで意味が分かったかのように、ひよこたちがぴよぴよ鳴いている。

鶏小屋を、新たに作らねばならないのかと、佐助が頭を掻《か》いた。

「きゅべ、若だんな、鳴家はお腹減った」

まだ、屏風のぞきの天麩羅しか囓っていないと、小鬼が悲しげに言ってきた。

4

昼餉を、誰も満足に食べられなかったので、とにかく若だんなはまず、妖達のお腹を満たす事にした。担《かつ》ぎ売りの蕎麦屋を庭へ呼び、皆で、種物の蕎麦を食べる事にしたのだ。

屋台にあった全部の蕎麦が消えたので、蕎麦屋はご機嫌で、離れの庭先から帰っていった。小鬼達も、お腹は一杯になった様子だったが、若だんなの膝《ひざ》に乗ると、きゅい、きゅわ、文句を口にした。

「きょんげーっ、小鬼は天麩羅、もっと食べたかった」

あと百個は食べられたのに、逃げられたと、鳴家達は嘆《なげ》いているのだ。そもそも天麩羅が歩き出したのが、敗因だったようだ。

「鳴家、私も烏賊が歩くこと、分かってなかったよ」

「若だんな、天麩羅は、このおしろと鈴彦姫さんが、作ったものです。勝手に遁走《とんそう》しちゃ、いけないと思います」

二人の考えは、はっきりしていた。

「何で天麩羅が逃げたのか、それが問題だよな。烏賊に事情を聞いてみたかったわ」

屏風のぞきの言葉に、場久が呆然としている。

「あの、何を聞くんですか？　もし逃げた烏賊の天麩羅から、逃げ出す時における逃走用道筋の考察、なんてものを聞いたら、人生観が変わるかも知れなくて、怖いですよ」

「……場久、何でそんな妙な話を、天魏羅から聞けると思うんだ？」

結局、今回の昼餉で答えが出たのは、場久の悪夢が誰かに使われた事は、ないという事だけだった。

長崎屋の離れに現れたおなごの怪異は、誰なのか。

どうやって、離れへ入り込んだのか。

天魏羅達は、どうして動き出したのか。

並では無いことが急に起きた訳は、見事なまでに分からなかったのだ。そして場久の夢から辿れないとなると、まず、どうやって謎《なぞ》を調べるかを、考えねばならなかった。

「やれ、こうも色々分からないと、何か不思議だね。ああ、そういえば場久の関わってる神田の悪夢だって、何でお武家達だけが見てるのか、さっぱり分かっていなかったっけ」

若だんなはふと、神田に悪夢が現れた事情も、気になってきた。神田や通町で、妙な事が同じ頃、起きているからだ。

「お武家達の夢の話を、もっと知りたいな。もしかしたら長崎屋の怪異とも、どこかで繋がってるかもしれない」

「寛朝様ならご承知じゃないでしょうか。神田のお武家達から、頼られているんですから」

火幻医師が言うと、皆が頷き、悪夢の話を教えて欲しいという文《ふみ》が、河童《かっぱ》の船頭《せんどう》に渡され、広徳寺の直歳寮《しっすいりょう》に届けられた。もし時が作れるようであれば、皆で広徳寺を訪ね、話を聞きたいと伝えたのだ。

「きゅい、お花見」

「寛朝様は怪異に詳しいから。おなごの怪異が何者か、ご存じかもしれないし」

するとと兄や達は頷いた後、暫《しばら》くの間、若だんなと離れを守るため、手を打つと言いだした。妙な者が入って来ないよう、離れに結界《けっかい》を張る事に決めたのだ。

「何と、そんな事が出来るの？　知らなかった、結界を見たいな」

「きゅい、きゅわ」

興味津々《きょうみしんしん》若だんなが言うと、見ても面白く無いですよと言い、仁吉が笑っている。そして庭に出て小枝を拾うと、何やら枝へつぶやいた後、枝先で地面に線を描きつつ、離れの周りを一周したのだ。軽く土の上をなぞった感じで、線がよく見えない所があっても、仁吉は気にしていなかった。

「その線が、結界になるの？」

若だんなは試しに庭へ出て、線を飛び越し、両側に立ってみたが、何も感じない。小鬼に試して貰《もら》おうと思ったが、何故だか寄ってこなかった。

「屛風のぞきは……あれ、いないよ」

付喪神は、さっさと屛風へ戻っており、今日はもう店へ行かないという。他の妖達は、用心の為《ため》に、悪夢の中にも罠《わな》を張っておくと言って、影内に消えていた。

「妖相手だと、この結界、効くのかな？」

首を傾げていると、佐助が、今日は早めに休んでくださいと言ってくる。

「広徳寺へ皆と行きたいのですよね。ならば熱が、また出ないようにしなくては」

若だんなは慌てて離れの内へ戻ると、久しぶりの他出《たしゅつ》を目指し、綿入れを羽織り、夜は早めに休むことにした。

ただ寝る前に、兄やが結界を張ったのだから、あのおなごの怪異は怖がって、もう長崎屋へは現れないだろうと思いついた。悪夢の内も、今日、妖達が塞《ふさ》いでいるのだ。

「あのおなごの素性《すじょう》は、分からないままになるかもしれないな。私が想い出すまで、何度も離れに現れると言っていたけど、きっと無理だ」

「きゅんい、きゅんげ」

ほっとしたような、半端《はんぱ》に終わった事が気になるような、結末になったなと思う。だがじき、小鬼達も布団に入ってきたからか、一緒に眠気に包《つつ》まれていった。

その夜、驚くような事が起きた。真っ暗な中、若だんなは離れの寝間でまた、突然目を覚ましたのだ。

「若だんな、あたしです。昨夜も来たおなごですよ」

聞こえたのは、間違い無く前日も耳にした声だった。小鬼達が酷く低い声で、ぎょべーっと鳴いている中、ゆっくり布団から起き上がると、若だんなは直ぐ、闇に浮かび上がったおなごの姿を目にした。

「おや驚いた。今夜も会うとは思わなかったよ。うん、とても驚いた」

このおなごの怪異は、兄やの結界を飛び越え、離れに入ってきたのだろうか。しかし何度見ても目前の怪異は、大して強そうに見えなかった。

おなごは何やら満足げで、うふふと、低い笑い声を立てている。

「あたしを想い出してくれるまで、通うって言いましたよね？　あら、一晩で終わらなかったので、ひやりとしているんですか？」

若だんなは、興味が先に立ってきた。

「あの、おなごさん、聞いてもいいかな。離れの周りに、結界があったと思うんだけど。それをどうやって、くぐり抜けたの？」

おなごがあっさり、離れの内へやってきた事を知ったら、結界を作った仁吉は、必ず黒眼が針のようになると思う。悪夢の内にまで、罠を張った金次の不機嫌も、場久やおしろの困惑も、思い浮かんでくる。

すると、結界は嫌なやり方だと、今度は少し甲高《かんだか》い声が聞こえてきた。

「でもあたしは、こうしてちゃんと若だんなに、会いに来ましたよ。離れへの入り方を聞くんですか？　駄目《だめ》です、教えたら、不安な気持ちが募《つの》らないじゃないですか」

それでは面白くなかろうと、おなごは言ったのだ。大きな目が、若だんなへ迫《せま》ったようにも思えた。

「不安？」

若だんなが首を傾げると、おなごの声が、楽しげになったように、若だんなには思えた。

「つれないですねえ。あたしは一目で、若だんなの事、気に入ったのに。そんなことだと、また明日も、ここへ現れますよ」

ふ、ふ、ふ、とつぶやく声は、若だんなが困ることを、楽しんでいるかのようだ。眠れなくなりそうですねと、おなごの怪異は言ってくる。若だんなは何か不思議に思って、離れの部屋をふらふらと漂うおなごを見つめた。

暗くてよくは分からないが、火鉢や文机《ふづくえ》の辺りに行くと、家具が微《かす》かな光を映すから、そこに物があるのが分かる。

すると、その時だ。

「きゃあっ」

いきなりおなごの悲鳴が聞こえた。そして、若だんなが目を見開いても、離れにはもう、黒一面の闇しか残っていなかったのだ。

「あれ、何があったのかな。怪異は……大丈夫かしら」

寝床《ねどこ》で首を傾げていると、まずは屛風のぞきが姿を現してきた。今夜は、兄や達がやってくる足音も、寝間に聞こえてきた。

5

結界が、役に立たなかったと知った兄や達は、庭を検《あらた》めた時、白い輝きを打ち壊しそうな目で、月を睨《にら》んでいた。

もっとも、月は直ぐに雲に隠れた為か、今も無事だ。代わりに二人は長崎屋の危機だと言い、若だんなを布団に埋《うず》め、朝まで見張っていた。そして時々耐えきれなくなったのか、ぶつぶつと小声でつぶやいていた。

「何故だ？　どうしてあの結界が破られたのだ？」

天魃羅は動き出すし、弱き者にしか見えない怪異は、仁吉の結界すら恐れず、若だんなの前に現れてくる。妖が暮らす世の理《ことわり》が、ゆがんでしまったようだとも、二人は吐《は》き出していた。

小鬼達は布団の内で緊張しており、なかなか寝付けなかった若だんなは、次の日、遅くに眼を覚ました。

すると兄や達は、いつの間にか消えていた。ただその代わり、何と広徳寺の高僧である寛朝が、長崎屋の離れに顔を出していたのだ。そして布団の傍らから、若だんなをのぞき込んでいた。

「ありゃっ、寛朝様。寝ていてすみません」

「若だんな、具合が悪いのではないかな。よいよい、寝ていてくれ」

話はそれでも出来るからと言われたが、若だんなは急ぎ起きる。すると寛朝の案内として来ていた金次が、急ぎ、羽織を肩に掛けてくれた。

「朝方仁吉さんが、結界を解《と》いたんだ。ひゃひゃっ、これで屛風のぞきでも小鬼でも、母屋と行き来出来るわけさ」

貧乏神はへらへら笑っている。すると小鬼達はその間に、高僧の肩や頭に上り、剃髪《ていはつ》した頭を小さな手で、ぺしぺしと叩き始めた。

「きゅい寛朝様、離れにいる。本物？」

ここで、師と共に来た弟子《でし》の秋英《しゅうえい》が、突然の訪問の訳を、若だんなへ語ってくる。寛朝に相談をしようと思っていた若だんなは、長火鉢《ながひばち》を挟《はさ》んで、寛朝達の悩みを聞くことになったのだ。

「広徳寺へ下さった文に、若だんなが来て下さると書いてあったのに、突然お邪魔して済みません。実は我が師は今、かなり困っておりまして」

もちろんそれは、神田の武家達にはびこる、悪夢の悩みだ。秋英によると寛朝は最初、上役と配下が上手くいっていない為、武家達が困り、悪夢を見るのだと考えたらしい。

「よって上役に会い、配下への心配りを促す事で、事を乗り切る気でおられたんです」

ただ番方の上役は、何人もいる。そしてその中で、皆を困らせている上役の名を、配下達は何故だか言おうとしないのだ。

「よくよく聞くと、その謎の上役は、ただの敵方《てきがた》ではなかったようで」

厳しい人だが、働くときは当人が、率先して頑張《がんば》っているらしい。金や物も、惜しまず出してくれるという。だから皆、先々《さきざき》の事を考えてか、告げ口になることを厭《いと》うのだ。

寛朝が重い溜息をついた後、話を継いだ。

「上役には、金になる嗜《たしな》みがあるようでな。配下の者が金に窮して泣きつけば、助けたりもしているようだ」

昨今、武家達は手元不如意《ふにょい》の者が多い。

「力を貸してくれる武家は、貴重だな」

つまり仕事に厳しい上役は、好かれてはいないが、実は厭われてもいなかった。よって寛朝は、上役にずっと会えていないのだ。

そうして、これという手を打てない間に、武家達の悪夢は、悪《あ》しき方へ進んでしまった。今、神田の武家地一帯は、恐ろしき事態になっているという。

「何と昼間、悪夢の白昼夢《はくちゅうむ》を見る武家達が、多く出てしまっておる」

おかげで広徳寺には、その事への嘆きと、恐怖を訴《うった》える声が押し寄せていた。そして奇妙な悩み事は、他の僧たちを素通りして、寛朝と秋英の元へ集まって来るのだ。

「起きている時に、悪夢を見たのかい？　そりゃ珍しい。場久からも聞いた事がないやつだね」

隣から声がして気がつくと、若だんなの傍らには、金次や小鬼だけでなく、屏風のぞきが現れていた。寛朝の来訪を知った乳母《うば》のおくまが、急ぎ、芋入りの蒸し饅頭《まんじゅう》をこしらえ、屏風のぞきに運ばせてくれたのだ。

「おお、温かい芋饅頭か。これは美味《うま》そうじゃのう」

寛朝は、いささか疲《つか》れたような声で言い、ありがたいと感謝をしながら、芋饅頭へ手を伸ばした。江戸でも名の知れた高僧という立場と、芋饅頭は似合わないが、饅頭が美味しいことは間違いない。離れでの話は、芋の香りと共に進む事になった。

「悪夢の件は、もう待ったなしの問題だ。それで、相談を受けていた武家に火急だと告げ、上役に会いたいと頼《たの》んだのだ」

だが何と、会うのは無理だと言われてしまった。その上役までが、白昼夢の悪夢に取り憑《つ》かれ、臥《ふ》せっていたのだ。

結局、未だに名前すら分からないという。若だんなは眉尻を下げた。

「怖い上役も、その配下も、共に悩んでいたんですね」

話は、奇妙な怪異に包まれてしまった。多くの神田の武家達は、身分に関係なく、悪夢に悩み続けているのだ。

「秋英と話し合い、事は人同士のもめ事ではなかろうと得心《とくしん》した。それでだ」

悪夢とは何かと考え……寛朝は、長崎屋へ来る事にしたという。高僧が、真っ直ぐに見てきたので、若だんなは頷き、小鬼も含め、妖達は首を傾げた。

「そのお気持ち、分かります。うちの家作には、場久が住んでますものね。場久の本性は獏、悪夢を食う者です」

怪奇な事に悪夢が絡んでいるなら、場久に会って、話をしてみたくなるに違いない。それで寛朝達は今日、長崎屋へ来たのだ。

「ここのところ、場久の悪夢は大人気ですね」

若だんなが、寛朝の目を見た。

「でも、ですね。場久は神田の悪夢に、関わっていないそうなんですが」

早々にはっきり言われて、寛朝は却《かえ》って落ち着いた様子であった。その理由を問われ、若だんなは正直に事情を語った。

「実は神田の武家に広がる悪夢の噂《うわさ》を、場久はとうに摑《つか》んでまして。強烈な悪夢だったら、寄席で話したいからと、調べていたようなんです」

「場久は、気合いの入った噺家だのう」

寛朝が、呆れた顔になっている。若だんなは苦笑してから、先を語った。

「場久は、神田の悪夢について、我らにも話してくれました。心躍る悪夢も、あったそうです」

ただそれは、どこかで見たような悪夢だったとも、場久は語ったのだ。よって場久は今も、神田の悪夢を探り続けている。思いもしなかった、語りたいような悪夢と出会いたいからだ。

「ううむ、ということは、場久が武家達の悪夢を喜び、それを食べて、満足していた訳ではないのだな」

「寛朝様、その考えは大外《おおはず》れだ。大丈夫かい？」

ここでひとこと言ったのは、貧乏神金次だ。

「あのな、場久は寄席が大好きだ。怪談を語る場は、多くはないからと、そりゃ大事にしてるんだぞ」

悪夢は場久を、高座で語れるようにしてくれた、大切な勤めの元なのだ。怪談にして面白く語り、客に寄席へ来て貰わないと、噺家としてやっていけない。

金次は、ちゃんと分かってやれと、半眼を高僧へ向けた。

「寛朝様、お前さんはこの先歳をくっても、高僧という立場を続けるんだ。立派《りっぱ》で、強くて、頼れるお人でなけりゃいけない。間抜けじゃ駄目なんだよ。承知してるかい？」

「これっ、金次っ」

妖の理を押しつけてはいけないと、若だんなが慌てて叱《しか》った。だが、当の貧乏神はしれっと平気にしている。そして叱られた寛朝当人は、済まぬと言って笑っていた。

するとここで、屛風のぞきが母屋へ呼ばれ、御坊方《ごぼうがた》には是非《ぜひ》、昼餉を食べていって欲しいとの、伝言を伝えてきた。

「おお、これはありがたい申し出だ」

ならば、昼餉で一息つこうという話になり、若だんな達も頷く。仕事を怠《なま》ける事になるなと言いつつ、屛風のぞきも金次も、昼を共に食べる気で座っていた。

その内小僧達が、大きな盆に昼餉を載せてきたので、受け取った屏風のぞきや金次が、手を貸して離れに並べていく。

ただ。

「きょんげーっ」

料理を見た途端、小鬼が揃《そろ》って後ろへ飛び退《の》き、それを見た屏風のぞきが、苦笑を浮かべたのだ。長崎屋の離れに並んだのは、煮物や酢の物、漬物などと飯、それに精進《しょうじん》ものの天麩羅であった。

6

「小鬼や、今日は何故そのように、昼餉から離れておるのだ？」

おくまが作った、心づくしのご馳走を前にした寛朝が、首を傾げている。小鬼達は、素早《すばや》く若だんなの背へ回り込むと、疑い深い目で天麩羅を見つめていた。

「ぎょんべー、蓮根、またいる。南瓜《かぼちゃ》、里芋《さといも》、玉蜀黍《とうもろこし》、人参《にんじん》、牛蒡《ごぼう》……しゅうえい、敵は誰？」

「敵とは、どういう事ですか？」

「かんちょさまも、敵？　偽者？　頭、滑りやすくなかった」

小鬼が酷く、気を立てているものだから、たっぷりと並んだご馳走を前に、秋英も戸惑《とまど》っている。若だんなが小鬼を引き寄せ、僧二人に事情を話そうとした時、突然、その必要がなくなった。

寛朝が箸を取った途端、精進ものの天麩羅が、遁走を始めたのだ。

ゆく。

「お、おや」

魂消《たまげ》る高僧の目の前で、人参と牛蒡のかき揚げが、皿から出て行こうとし始めた。

「これは不思議な。どうして突然、天麩羅が動いたのかのう」

寛朝がかき揚げに目を奪われていると、今度は里芋が、そろりと皿から落ちて、影内に消えてゆく。

だがそれを見ても、若だんな達が驚かないので、広徳寺の僧二人は一旦《いったん》、箸を置いた。

「若だんな、寺へ文を寄越《よこ》してきたが、天麩羅の勝手について、相談をしたかったのか？」

口に出して言うと、何やら笑えてくる話だ。だが実際目にすると、背筋《せすじ》に奇妙な震えが走るなと、寛朝は言ってくる。

今日の天麩羅達は、揚げ物から野菜の形に戻った後、何故だか煮物、漬物らと喧嘩《けんか》を始めていた。そこに何故だか、人参から漬物をぶつけられた小鬼が、参戦し始める。

酢の物と牛蒡の一騎打ちが始まった時、人は生きていると、色々なものを目にするものだと、寛朝がつくづく語った。

若だんなは頷いた後、天麩羅の悩み以外にも、長崎屋には困った事があるのだと、先を話していった。

「実は、この離れに夜、怪異が忍び込んできまして」

おなごの怪異は、夜中に離れへ来たと言うと、珍しいと秋英が口にする。僧たちは、人ならぬ者である兄や達の、強さを承知していた。その仁吉や佐助が離れにいる夜中、忍び込んでくる怪異がいるとは、考えていなかったと言ったのだ。

「余程強い怪異が、現れたのですか？」

「秋英さん、目にした怪異ですが、実は、大して強そうではないと私には思えたんです」

寛朝は頷いた後、こちらの話も長く掛かりそうだから、神田の話は後回しになるなと、少し残念そうにしている。

若だんなは夜中の怪異が、屏風のぞきが現れた時、消えたことを伝えた。そして次に現れた時は、何に驚いたのか、離れの内で突然悲鳴を上げ、消えたと告げる。

「ですので、強いようには思えなかったんです。けれどあの怪異は、仁吉が庭に描いた、結界を越えて部屋に入ってきました」

何で結界が、役に立たなかったんだろうと言うと、寛朝は答えに詰まっている。

「大概の妖には、結界や護符《ごふ》が効くものだが」

すると話を聞いていた秋英が、一つ首を傾げた。それから若だんなの方を向き、おなごの怪異は離れのどの辺りで、悲鳴を上げたのかを問うてくる。

暗くはあったが、おぼろげに感じた方を指すと、秋英が文机へ近づいていった。そして暫く机を見てから文箱《ふばこ》を開け、中から寛朝が書いた護符を、取り出して見せたのだ。

「何と、長崎屋に現れた怪異は、護符を恐れて消えていたのか」

寛朝が、効いてくれて良かったと笑うと、金次が首を傾げた。それから貧乏神は、護符には直《じか》に触らぬよう文箱ごと手に取り、戦う天魅羅達へ近づける。

すると人参や牛蒡はあっという間に、再びかき揚げに戻ると、皿内に転がったのだ。

「おや、まぁ」

どうやら天麩羅の怪異は収まったが、揚げたばかりの食べ物が、なぜ不思議なものに化したのかは、まだ分かっていない。

もっともここで、寛朝が面白いことを思いついた。

「戦う天麩羅は、護符で元に戻ったか。では、夜中に現れたおなごの怪異も、護符に行き合った時、元の姿に戻っていたのかな。それとも、眠りにでもついたか」

ならばおなごの怪異はそのまま、この離れにいるかも知れないと、寛朝は続けた。

「そしてだ。もし怪異がずっと離れに居るのなら、外にある結界は役に立たん。表から入り込んでないなら、結界を越える必要はないからな」

「寛朝様、急に冴《さ》え出したねえ」

「きゅい、金次。走る天麩羅、どこ？」

試しに若だんな達は、おなごの怪異が化したものがないか、離れの中を調べ始めた。護符が近くにあった為か、文机にあったものには、妙な所などない。

屏風は、屏風のぞきの本体だから違うし、着物や小間物《こまもの》、それらが入れられている行李《こうり》にも、怪しい点はなかった。布団にまで目を向け、皆、首を横に振る。

「変ですね。怪異はこの部屋内から、出て行ったのでしょうか？」

秋英が首を傾げた時、近くで若だんなが、ふと止まった。

「あ、先《せん》だって離れに運び込まれたものが、他にもありました」

一つは若だんなが飲んでいる薬と、水差し、湯飲みだ。金次がさっと手を伸べ、おかしな点を検めるが、否と言ってくる。

ただ、病の若だんなの為、離れに置かれたものは、他にもあった。碁盤や浮世絵や貸本、甘酒に落雁などだ。

もっとも甘酒も落雁も、とうに小鬼達が平らげ、今は菓子鉢《かし》に別のものが入っている。秋英が、辛あられと干菓子を確かめたが、並の品であった。若だんなは、残った碁盤と浮世絵、本を検めていく。

本を手に取った時、小鬼が騒《さわ》ぎ出した。

「きゅんげーっ、避難っ」

何匹かが、寛朝の剃髪した頭に上り、身構えている。秋英が立ち上がると、若だんなに寄り添い、共に本をめくっていった。

「驚いた。夜中に現れた怪異が、絵となって、物語の中にいます」

おなごが、若だんなと会った事があると言ったのは、この本を読んだ事があったからに違いない。挿絵に描かれていたおなごの怪異は、その時、若だんなを見つけたのだ。

しかし夜中に現れた怪異を見て、若だんなは、挿絵のおなごだとは分からなかった。絵と、人の姿をしたものが、同じとは思えなかったからだ。

「一つ、謎が解けました。仁吉に、結界が破られた訳ではないと言えますね」

兄やは少しばかり、ほっとするかもしれない。ただ他の謎は残ると、金次が言ってきた。

「その本、妙に新しそうなんだが。器物が百年の時を経て、妖と化す付喪神には、まだまだ成れそうもないぞ」

何で本に怪異がいるんだと、金次は言ってくる。

「怪談の本だからか？」

慌てて本へ目を戻し、まだ本当に新しいと言って、皆、頭を抱える事になった。

「一つ事情が分かったと思ったら、他の疑問が湧いて出るのか。この世には、謎があふれておるな」

寛朝が、離れでぼやいた。

7

小鬼達が江戸のあちこちへ散った。

寛朝の弟子、秋英の指示があったからだ。

「新しい本に謎があるなら、戯作者《げさくしゃ》や版元を調べてみなくては」

怪しき本に怪異がいると分かった時、まずは若だんなが真《ま》っ当《とう》な考えを示した。よって皆は、本の始まりと最後をまず見た。

戯作者は武勲《ぶくん》とあったが、誰も聞いた事が無い。ただ、何とも堅《かた》い響きであり、武家かもしれないと寛朝が口にした。

「武家屋敷で見たような名だからな。間違いなかろう」

そして版元は……皆が知らない所で、さっぱり分からない。すると金次が寛朝に、戯作者の名をどこで見たのか、思い出せと言い出した。

「新しい本に、怪異を込められる何者かが、この世にいるんだ。寛朝様としても、調べておかなきゃ拙いだろ？」

それはそうだなと、寛朝も納得する。だが金次が睨んでも、やはり思い出せなかった。仕舞いに金次は秋英に、代わりに思い出すよう言ったのだが、秋英は戯作者の名に心当たりはないという。だから。

「これはもう、寛朝様が一人で行った先で、知った名だとしか考えられません。寛朝様はたまに、小僧を供《とも》に他出されるのです」

広徳寺には寛朝と秋英しか、怪異を目に出来る者がいない。よって秋英は時々、一人寺に残る事があるというのだ。

「寛朝様、一人で行った先に、武勲さんはいませんでしたか？」

「はっきり言うぞ。分からん」

金次の目が三角になったので、若だんなは間に入り、秋英に、寛朝一人の他出先を思い出してもらった。何カ所かの名が出てきたので、そこへ小鬼達を送り込んだ訳だ。

そして。

遅めのお八《や》つとして、木戸番で売っている焼き芋を食べる頃までに、小鬼達は長崎屋の離れへ戻ってきた。

「きゅんいーっ、芋、小鬼も食べる。屏風のぞきより沢山食べるっ」

「おいおい、せめて戯作者武勲のことを話してから、お八つを食べてくれよ」

さて、秋英が示した場所のどこに、武勲がいたのだろうか。若だんなや寛朝達が期待を込めた目で見ると、小鬼らはぺらりと、本当の事を告げてきた。

「武勲、いなかった。誰も知らない」

「えっ？　じゃあ寛朝様は、どこでその名を知ったんだ？」

きゅいきゅい、わーわー、離れの中が騒がしくなったが、寛朝は今も思い出せない。その内金次が、この役立たずの禿《は》げ頭と言い出したものだから、さすがに秋英が顔色を赤くした。

「わあっ、貧乏神と秋英さんの一騎打ちなど、見たくないよぅ」

若だんなの顔が青くなった時、寛朝が来ている事を知り、神田の悪夢について知りたがった場久が、離れへ顔を見せてきた。

すると小鬼の一匹が場久の肩に避難してきたので、何事が起きたのかと獏は慌てている。

「きゅい、武勲、居なかった。かんちょさま、居場所、思い出せない」

「へっ、皆さん、武勲さんを探してるんですか？」

場久が、余《あま》りにもあっさりその名を言ったので、離れにいた皆が寸の間、黙り込む。その後、慌てて場久に、知っているのかと問うと、よく寄席に、場久の怪談を聞きにくる客だと返答があった。珍しい名なので、当人だろうと言うのだ。

「武勲と名乗っているのですが、本名ではなく、雅号《がごう》だろうと思います」

そして武勲の立ち居振る舞いや髪型、着物などを考えるに、武家だろうと言った。

「で、武勲さんに何か用なのですか？」

問われて、見つけた怪異の本を見せると、場久は酷く驚いていた。

「武勲さん、戯作を書かれていたんですか。何で黙っていたんだろう」

本にするくらいだから、皆に読んでもらいたいのだろうに、寄席で見せたことがないという。

若だんなは大いに頷き、武勲の本について語った。

「この本、怪異が中にいるんだ。それが拙いと分かっていたから、人に話せなかったんじゃないかな」

「怪異がいる？　この戯作にですか？　新しくて、付喪神には見えませんが」

それに武勲は、ただの人だと場久が続けた。

「本の中に怪異など、呼べる筈もないと思います」

場久が急ぎ本を開き、中を確かめる。すると暫く話を読み進めた後、場久は呆然とした様子になった。

「あの、この本ですが……あたしが寄席で語ったまんまの話が載ってます。この戯作、あたしが食べた悪夢そのものですよ」

場久の語る怪談は、誰かが本当に見た悪夢を、人ならぬ者の獏が、食べたものなのだ。しかも獏が気に入るような悪夢は、その中でも実際にあった、強烈なものが多いという。

「本当にあった事なのかと、人が魂消るほど、もの凄い話も多いですよ。悪夢には、当人や巻き込まれた者の怨念《おんねん》、恨み、殺された時の痛みや復讐心《ふくしゅうしん》すら、入ってたりするんです」

だから場久は高座で語るとき、そのままでは語れないという。寄席にいる客達に、悪夢の内にある悪意が降りかからないよう、場久が悪夢と並の暮らしの間に入って、楽しめるように考えてあるのだ。

だが……しかし。

「この本の話、あたしが寄席で語った話を、字で表していて怖いです。いや戯作者が、より強く煽《あお》ってます。寄席で聞いただけの筈なのに、武勲さんはどうやって、あたしが喋《しゃべ》った話を丸ごと覚えたんだろう」

場久は、そんな事が出来る人が、いるとは思っていなかったらしい。だが、これは拙いと言い、

本へ目を落としつつ、何度も首を横に振っていた。

「この戯作から、おなごの怪異が現れたんですよね。武勲さんの本が、他にも、妙な事を引き起

こさなきゃ良いんですが」

するとは金次が、こっちの騒ぎを、もう忘れたのかと言って、本をめくり挿絵を指した。そこに

は、きれいなおなごの怪異と共に、足が生えた人参や、戦う牛蒡などが描かれていた。

「あ……暴れた天麩羅達と、そっくりですね。あの天麩羅騒ぎも、この本があったから、起きた

みたいだ」

そういえばおなごの怪異は離れに現れた時、怖い事に、こだわっていたように思えた。

「ならば、とにかく、です」

ここで秋英が武勲の本を手にすると、寛朝に渡した。

「我が師匠、この常ならぬ本を、急ぎ祓《はら》い浄《きよ》めて下さいまし」

「そうだな。食事のたびに、お菜《さい》に駆け回られては、若だんなも大変だろうゆえ」

寛朝は、若だんなの文机にあった護符を取り出し、本をその二枚で挟む。それから、何やらつ

ぶやいていった。すると。

「きょんげーっ」

鳴家達が大声を上げた時、本から僅かに光が漏れ、その後静かに消えていった。

あのおなごの怪異が、次は楽しい夢の内にいられたらいい。若だんなはそう、深く願っていた。

8

「さて、長崎屋の悩みは静まったようだ。神田の武家達の悩みも、何とかなるかのう」

寛朝がゆっくり言った後、金次に本を渡すと、貧乏神は中を検めにやりと笑った。そしてその後、明るい口調で寛朝へ、ひとこと言ったのだ。

「きっと何とかなるさ、神田の騒ぎ、事情は分かったんだから」

「あん？　そうなのかい？」

驚いたのは屛風のぞきで、金次は付喪神に、事情を話していく。

「武勲さんとやらが、場久が話した怪談を写し取って、本にしちまった。そのせいで、内には怪異が生まれ、本が置かれた所に、悪夢が現れたんだ」

事情が明らかになると、ありそうな話であった。祓われた本から、おなごの怪異が現れることは、もう無かろうと思われる。

「そして、だ。戯作者の武勲さんは、お武家だろうって話だ。つまりさ」

神田辺りに住んでいるお武家が、知り人である武勲が書いた怪談本を、借りたのではないか。

金次がそう言うと、屛風のぞきが頷く。

「ああ、本は買うのは高いけど、借りるくらいなら、たいした事はないし」

知り合いが書いた本となれば、興味も湧くだろう。何人かで同じ本を借りれば、色々話も出来そうであった。

「けれどだ。武勲さんが書いた本は、悪夢を元にした怖い話で、しかも怪異が潜《ひそ》んでいるものだったんだ。で、長崎屋の離れと同じく、まずは夜中に、怪異が現れてきたんだな」

武家達には、そのからくりなど分からず、怯える事になった。妖封じで高名な僧へ頼っている間に、白昼夢までが現れ、手を打ちかねていた寛朝が困ったのだ。

ここで若だんなが、首を傾げる。

「お武家方が見た白昼夢ですが、私達が昼餉で目にしたものと、多分同じですよね」

ならばそれは、白昼夢ではない。目の前で、小さな怪異が暴れただけだろうと、若だんなは言ったのだ。

「怖がる必要など、ないのですが」

寛朝が若だんなの肩に、そっと手を載せた。

「若だんな、お前さんは妖達に慣れているが、大概の者は、夜、堀端《ほりばた》で河童を見ただけで、震えるのだ」

「きゅんげ？」

「あの、江戸にいる河童は、無体《むたい》などしません。親分の禰々子《ねねこ》さんがきっちり、ご一門をまとめておいでですから」

だが、こんな話をするのも拙いかと、若だんなはすんなり話を引っ込める。そしてこういう話になったのだから、神田のお武家達の困りごとを片付けるのは、容易《たやす》かろうと言ったのだ。

「ひゃひゃっ、若だんな、寛朝様は、どう始末を付けたらいいか、まだ分かってないみただよ」

僧二人は頷き、真剣な様子で、若だんなへ始末の付け方を問うてくる。若だんなは、名を告げてもらえず、誰だか分からない上役こそが、戯作者武勲であろうと口にした。

「おや、言い切ったね」

屛風のぞきが、にやりと笑った。

「だって配下のお武家方が、上役武勲さんの事を、なかなか話さなかったそうだから。その辺りの事情は、分かる気がします」

噺家場久は怪談話で、売れっ子になっている。場久の話は怖いと、小鬼達が頷いた。

「なら売れっ子噺家の話を、そのまま戯作にしたと言って本を出したら、借り手くらい結構見つかりそうです」

そこそこ金にもなりそうだし、武勲の配下達もその金で助かるだろう。ただ噺家から、勝手に自分の話で稼《かせ》ぐなと、文句が出るかも知れないとは思う。

「ありゃりゃ」

妖達の声が揃い、寛朝が思いだした。

「確か前に耳にした。神田の悪夢に関わっている上役は、余禄《よろく》を得ておるとか」

つまり配下の者達は、戯作を見て、思い当たる事があっても、上役の余技については語らなかった。

「稼いだ金で、助けて貰いたいからですかね」

「やれやれ。若だんなの話は、当たっていそうだのう」

金次が笑い、寛朝が顔をしかめている。ただ、その思いつきが本当であれば、打つ手もあるだろうと、高僧は口にした。

「上役が寝付いたままだと、お役御免《ごめん》になるやも知れん。隠居にでもなったら大事だと、配下らへ言ってみようか」

隠居したら、おそらくもう、武勲から借金は出来ない。配下達は明日、金を借りる為に、武勲の名を明かすに違いない。

「このままだと悪夢にうなされ続ける。本人の名が知れたら、己で話を作れと、戯作者武勲殿へ言ってみよう」

寛朝の言葉に皆が頷き、ようよう神田のもめ事の方も、終わる目処《めど》が付いたのだ。

「やれやれ。長崎屋へ来て、事が片付いた。とにかく若だんな達に礼を言うぞ」

高僧からそう言われて、長崎屋の皆は嬉しげだ。ただ若だんなは、出来るなら舟に乗って、久《ひさ》方《かた》ぶりに広徳寺へ行き、泊まってみたかったと残念そうに言った。

「今回は本当に困っていたんで、兄や達も、上野《うえの》へ行っていいと言ったんです。でも、もう困りごとは終わっちゃった」

うなだれていると、僧二人が笑っている。

「ならばその内、我らの方から若だんな達を招くとしよう。これから色々な花が咲く。その頃になったらな」

皆は大きく頷き、笑みを浮かべる。これでやっと、春を迎えられそうであった。

ただ。

「あ、まだ天麩羅が残ってる」

気がつけば目の前には、昼餉がそのまま置かれていたのだ。そして皆は、その人参や牛蒡や漬物達が、今し方まで起き上がって走り、戦っているのを見ていた。

「ううむ、天麩羅は好きだけどね。この昼餉……どうしようか」

屛風のぞきが、うめくように言う。動いているのを見ているので、どうにも箸が出しにくかった。

「その、もう大丈夫な筈だが」

寛朝はそう言って箸を出したが、漬物に近づいたところで、やはり手が止まってしまう。しかしおくまが作ってくれた、心づくしの昼餉であった。食べなかったら、離れで何が起きたのかと、本気で心配されてしまうに違いない。

全員で真剣に、天麩羅を見つめた。

暫く待っても、野菜から足は生えず、戦いも始めなかった。それが分かると、顔を見合わせる。

そして。

「食べますっ」

皆で、箸を伸ばした。

今回天麩羅は、動かなかった。

あすへゆく

1

通町《とおりちょう》は、大店《おおだな》が数多く集まっている、江戸でも繁華《はんか》な通りだ。そして廻船問屋《かいせんどんや》兼薬種《やくしゅ》問屋、長崎屋《ながさきや》も、その通り沿いに、二軒連なった店を開いていた。

夜が明ければ各店の小僧《こぞう》達は、前の道を掃《は》き清め、豆腐や納豆などを売る振《ふ》り売り達が、そこを通り過ぎてゆく。江戸の町は、夜明けと共に動き始めるものであった。

そしてある日、昼も近くなった頃、長崎屋の跡取《あとと》りである若だんなは、珍しくも父の藤兵衛《とうべえ》から呼ばれ、母屋《おもや》へ顔を出した。

「おとっつぁん、一太郎《いちたろう》です」

若だんなは生来の病弱だから、普段は離《はな》れで気楽に暮らし、日がな寝ていても、甘い親は何も言わない。ところが今日は、母屋へ呼ばれただけでなく、店主藤兵衛の横に、手代《てだい》である兄《にい》や達が座っていたのだ。

「あれ？　仁吉《にきち》と佐助《さすけ》も来ていたの。何があるのかしら」

仁吉や佐助は、人ならぬ者である祖母おぎんが、若だんなの為《ため》に寄越《よこ》してくれた、人ならぬ者達だ。二人は今、それぞれ薬種問屋と廻船問屋の手代として、長崎屋を支えているのだ。

ただ働いている店が違うから、藤兵衛が二人を一緒に呼んで、若だんなと話をする事は、珍しかった。すると甘い父親は、今日も変わらず、優しげに話を始めた。

「一太郎、今朝は調子が良さそうだね。ああ、熱もなく、咳《せき》も出ず、ふらつきもしないんだね。良かった。なら、少し話をしようと思うんだ」

何が始まるのだろうか。若だんなは落ち着いた顔で頷《うなず》きつつ、その実、結構緊張していた。すると藤兵衛は、思いもかけない事を、語ってきたのだ。

「一太郎、今日はまず、うちの奉公人《ほうこうにん》達の事を聞いておくれ」

「奉公人、ですか?」

藤兵衛が語る言葉に、若だんなは改めて驚いた。どんな話になるにせよ、それは間違いなく、商売の話だったからだ。

(おとっつぁんが私に、病《やまい》や遊びの事じゃなくて、長崎屋の話をしてる。凄《すご》いや)

じわじわと嬉《うれ》しさに包《つつ》まれつつ、話の先を待った。病が着物を着ているような若だんなにとって、滅多《めった》にない貴重な時であった。

「長崎屋が、小僧達を新しく雇い入れるのは、毎年、春にしているんだ」

雇う方は例年の事として、迎え入れる用意をする事が出来るし、子供の奉公を考えている親も、子離れの心構えをする時が作れる。

「まあ、奉公人の数が多いから、出来る事だけどね。小さな店だと、毎年小僧を入れる事には、ならないから」

しかし働き始めるときは一緒でも、奉公を辞める時は別々になると、藤兵衛は言葉を継いだ。病になったり怪我《けが》をしたり、しくじりをしたり。奉公人は様々なきっかけの為、店を辞めていくものであった。

「上方《かみがた》の大店の出店、江戸店《えどだな》だと、また話は違うんだが。まあ今回、その話は関係ないな」

藤兵衛は話を継いでいく。

「先ほど言ったように、奉公人が辞める時は、人によって違う。だから大概は一度に一人ずつ、送り出していくんだ」

しかしこのたび、たまたま三人が同じ頃に、奉公を辞める事になったという。

「番頭《ばんとう》二人に、手代が一人だ。新しく入ってくる小僧達と入れ替わりに、長崎屋を離れる事になった」

「あれま、多いですね。おとっつぁん、誰が辞めるんでしょうか」

「廻船問屋の番頭、徳三郎《とくさぶろう》、同じく番頭の勝吉《かつきち》、薬種問屋の手代、勘太《かんた》だ」

「おや、勘太まで辞めるんですか。勘太なら何年かしたら、薬種問屋の番頭になれると思ってたんですが」

すると仁吉が、長崎屋は結構、奉公人の入れ替わりが多い店だと言って笑った。

「長崎屋ではもう長く、廻船問屋の船が沈むことなど、ありませんでした。ですから儲《もう》かっております。薬種問屋には、遠方からも良き客人方《がた》が、来て下さいますし」

そういう滅多にない話に、おぎん縁《ゆかり》の妖《あやかし》達が関わっている事を、仁吉は言わなかった。藤兵衛は並の人であり、妖が本当にいるとは……まさか人のなりをして、己《おのれ》の店にいるとは、思っていないからだ。

「若だんな、つまり店は十分な益を上げておりまして。奉公半《なか》ばで店を出る者達にも、辞める時、金子《きんす》を渡しております」

藤兵衛は奉公人が入ってくると、毎月それぞれへ少しずつ、金子を貯《た》めているという。蔵に置いてある奉公人用の千両箱に、金子が入れられ、年の終わりに、両替商へ預けられるのだ。

そして店を辞める時、その金を持たせるわけだ。

「つまり長崎屋の奉公人には、額はそれぞれですが、蓄《たくわ》えがあるわけです。これは手代になると、店から出るようになる給金とは、別のお金です」

奉公人達は、その事を知らされているらしい。

「何と、そんな形になっていたんですね」

まだ給金のない小僧達は、貯まっている金も僅《わず》かだから、余所《よそ》の店より辞める子が少なめだと、藤兵衛が笑った。ただ手代や番頭になり、貰《もら》えるものが増えてくると、今度は己の夢を叶《かな》える為、貯まった金を頼りに店を辞めていく。

「あれ、ま」

「それで良いと、私は思ってるよ。こう言ってはなんだが、大番頭になれる奉公人は、長崎屋でも、本当に少ないからね」

ならば早めに、外《ほか》の夢をつかみに行ったら良いと、藤兵衛は語っているのだ。

「店で寝起きをしている内は、嫁《よめ》や子も持てないから。まあ通い番頭になれば、近くの長屋に部屋を借りて、嫁御と暮らせるがね。しかし通い番頭になれる者も、また少ないし」

ただ途中で店から去って行く奉公人には、かなり若い者もいる。それで藤兵衛は、奉公人が店を辞める時、なるだけ先々《さきざき》の事も気に掛《か》けるようにしているという。

「何しろ奉公人達は、十《とお》そこそこの子供の頃に、長崎屋へ来た者ばかりなんだ」

店での暮らししか知らないで、長年過ごしてきている。長崎屋から、いきなり放《ほう》り出すのは危《あや》うかろうと、藤兵衛は語った。

兄や達も傍《かたわ》らで、揃《そろ》って深く頷く。人よりも遥《はる》かに長く生きている二人は、暮らしにつまずく者達も、山と知っているのだ。

「旦那《だんな》様は、ご立派《りっぱ》です。奉公人達にしたら、大変ありがたいやり方だと思います」

藤兵衛は笑みを浮《う》かべた後、何故《なぜ》だかここで、若だんなを見てきた。そして、思わぬ事を伝えてきたのだ。

「だからね、一太郎。今度辞める三人も、店を出る前に、ちゃんと面倒をみる必要がある。それでね、その世話だけど、お前に任せてみようと思うんだ」

「えっ、私が三人の奉公人の、先々を考えるんですか？」

とっさに次の言葉が出てこず、若だんなは狼狽《うろた》えた。正直に言うと、離れでのんびり暮らしている若だんなは、辞めていく奉公人達よりも、世間知らずかも知れないからだ。

「おとっつぁん、あのっ、そのっ、私がそんな役目を務めて、大丈夫なんでしょうか」

本心から不安で、思わず問《と》うていた。すると藤兵衛は笑って、もう大まかな話は決まっているから、心配はないと告《つ》げてきたのだ。

「番頭の徳三郎は、辞めた後、店を持ちたいと聞いてる。それで徳三郎には、既《すで》に佐助が力を貸してるんだ」

表長屋《おもてながや》の一階にあるような小店《こだな》なら、問題なく始められるとのことで、佐助と、幾《いく》つか空き店を見て回っているという。

「ただ、佐助も忙《いそが》しいからね。そう毎日、付き合ってもいられない」

そして徳三郎が、長屋暮らしの細かいことで、分からないことを抱えるのは、これからに違いない。若だんなには、そういう時の話し相手になってほしいと、藤兵衛は言ったのだ。

「あ、話すのは、暮らしのことですか」

そういう話なら、分からない事があっても、町で暮らしている妖達に聞けるから、大丈夫だ。若だんなが落ち着くと、藤兵衛は二人目の話を始めた。

「廻船問屋の勝吉も、独《ひと》り立ちをして、店を持つことになったんだ。だが、番頭になったばかりだからね」

勝吉はまだ三十そこそこで、徳三郎程《ほど》、奉公が長くない。よって、辞めた時にもらえる金子も少なめなのだ。そこをどうするか、藤兵衛と話しているところだという。

「もう一人辞める勘太は、手代なんだ。だから、貰えるものはもっと少なめだ。ただ、勘太は里へ帰ると言ってるんだよ」

国元《くにもと》は浦和《うらわ》で、街道沿いに建つ、簡素な茶屋をやるくらいなら大丈夫だろうと、藤兵衛も考えた。それで勘太は既に、国元の身内へ、茶屋を買う手配を頼《たの》んでいるらしい。

「おやもう、金子を親へ送ったんですか。じゃあ、本決まりですね」

仕事の目処《めど》は立っているので、ほっとする。後は若だんなが、ごく並の暮らしについて、話していくのみであった。

「はい、勘太には、早めに離れへ来てもらいます」

若だんなはここで、一つ思いついた事があり、小さく頷いた。

(既に三つとも、大方、終わりが見えている話だね。それを、どうしておとっつぁんは、私に託《たく》したかだけど)

これは慣らしだと、分かったのだ。

ちょうど奉公人が、三人いっぺんに辞める事になった。藤兵衛は若だんなに、そういう時店主は何を話し、どう動くべきなのか、学んで欲しいと思っているのだ。

長崎屋でどれくらい長く勤《つと》めていれば、次に、どういう仕事へ移れるのか。奉公人達に、いくら金子を渡すべきか。外にも色々、知っておくべきことはある。

だから藤兵衛は、辞めてゆく三人と実際に関わって欲しいのだと思う。若だんなは店主である父へ、きちんと頭を下げた。

「辞めていく三人にとっては、次の暮らしへ踏《ふ》み出す大事な時です。ちゃんと話し合って、三人に喜んでもらいます」

若だんなは久方《ひさかた》ぶりに自分が、張り切っているのを感じていた。

2

若だんなは母屋から帰ると、昼餉《ひるげ》を食べながら、妖達に、この先の事を告げた。辞めていく奉公人達三人は、若だんなと話をするため、離れへ何度か来る事になるのだ。

すると、おしろと屏風《びょうぶ》のぞき、それに鈴彦姫《すずひこひめ》が、うどんの器の前で首を傾《かし》げ、椀《わん》の側《そば》へ降りていた小鬼《こおに》達も、若だんなを見てくる。

「あのね、徳三郎、勝吉、勘太は、奉公した後、ずっと長崎屋で暮らしてた。そこを出るとなると、不安もあるだろう。だから私が、離れで話を聞くんだよ」

皆が滞《とどこお》りなく、次の暮らしへ入っていけるようにするのだと、事情を告げてみた。すると屏風のぞきは、目を見開いた。

「おや薬種問屋で働いてる、勘太さんも辞めるのかい。まだ若いのに、驚いたな」

だが屏風のぞきは、だけどと言葉を続けた。

「三人は、自分から店を辞めるって言ったんだよね？　そして奉公人が辞める時は、店から、なにがしかの金が出るよな」

自分も薬種問屋で働いている屏風のぞきは、ちゃんと知っているのだ。三人はその金を元手に、これまでとは違う明日へと、踏み出そうとしていた。志と、強い気持ちがある者の、やることであった。

「なのに藤兵衛旦那様も若だんなも、何でそんな三人を、案《あん》じてるんだい？」

するとおしろが横から、思いもかけない事を話し始めた。

「あの、屛風のぞきさん、あたし、思いついたんですけど。番頭の徳三郎さんですけど、四十年以上も人をやってるんですよね？」

ならば、もしかしたら。

「番頭さん、人である事に飽《あ》きてきたんじゃありませんか？　ねえ、若だんな」

「へっ？」

「きゅんげ？」

そんな中、徳三郎は長崎屋の離れにいる妖達に気がつき、己も妖の仲間入りをしたいと、考えたのかもしれない。おしろは、そう言い出したのだ。

「だけど、人は簡単に、妖にはなれません。若だんなはそこんところを、番頭さん達と話すんじゃないでしょうか」

「おお、そんな話だとは、考えてなかった」

屛風のぞきは大いに面白がったが、若だんなは急ぎ、首を横に振る。

「そういう事じゃないんだ。というか、人を辞めるなんて考えつく御仁《ごじん》は、まずいないと思うよ」

そもそも望んだとて、人以外の者になれるのかしらと、若だんなは考える事になった。

「とにかくね、人が妖になるっていう、驚くような話じゃないんだ。人はね、新しい事に踏み出す時、不安に感じる事があるんだよ」

長崎屋を辞めていく三人は、住む場所と仕事の両方を、別のものに変えるのだ。分からない事も、当然出てくる。

「私だって、もし離れから別の家へ移れと言われたら、不安に思うもの。暮らしが別のものになってしまうからね」

ところが、分かりやすくと思って、そう話をした途端《とたん》、妖達が、うどんから目を離した。鳴家《やなり》達など、口の周りの髭《ひげ》を汁《しる》で濡《ぬ》らしたまま、呆然《ぼうぜん》と若だんなを見つめ、屏風のぞきは狼狽えた。

「若だんな、この離れから、出るように言われたのかい？　旦那様は、何も言ってなかったぞ」

「えっ、離れが無くなるの？　長崎屋はそんなに、お金に困ってたんですか？」

「おしろ、きょんげーっ」

「どうしましょう。貧乏神《びんぼうがみ》の金次《きんじ》さんは、長崎屋が貧乏になったって、どうして教えてくれなかったんでしょうか」

屏風のぞき、おしろ、小鬼に鈴彦姫が次々に声を上げ、泣きそうな顔になる。若だんなは慌《あわ》てて、離れは無くならないと口にした。

「今の話は、例え話だよ。つまり心配しなくてもいい、離れは変わらないってことだ」

断言すると、妖三人はとにかく一旦《いったん》、嘆《なげ》く事を止《や》めた。ただ何か安心出来ないようで、部屋の隅《すみ》や庭へ、疑り深い目を向けている。するとその庭先に、思わぬ者の姿が現れたものだから、皆はそろって表へ目を向け、また不安げになった。

「おや、徳三郎じゃないか。昼間から離れへ来て、大丈夫なの？」

徳三郎は、主《あるじ》の藤兵衛へ断《ことわ》ってきたと言い、若だんなへ頷いた。ならばと離れへ上げたのだが、当の番頭は、何故だか硬い顔のまま、しばし何も口にしない。妖達が益々《ますます》落ち着かない様子になってきたので、若だんなは菓子《かし》を出し、話を促《うなが》した。

「どうしたのかな、話があるんじゃないの」

徳三郎は何度も頷くと、若だんなを見つめてきた。そして、それでも言葉に詰まった後、思いがけない事を語ってきたのだ。

「若だんな、なら話しますよっ。いいんですか？　今、話しますけどっ」

「はい、どうぞ。聞いております」

「では……ああ、口に出しにくい。でも、でも、今、言わなくては。このままだと、どんどん話が進んでしまうし」

徳三郎は、じき、両手で着物を握りしめると、早口で話し出した。

「私は先日旦那様に、そろそろ長崎屋を辞めて、己の店を持ちたいと申しました」

徳三郎はもう四十二歳なのだ。だから店を持ちたいし、早く跡取りが欲しかった。

「ええ、嫁を貰うとしたら、これ以上遅くならない方が、良いと思ったんです」

その為には、通い番頭になる道もあるが、徳三郎は、己で小店を開く方を選んだ。

「廻船問屋長崎屋には、私よりも腕の立つ奉公人方がいます。通い番頭となって店に残っても、私は、いずれ店を辞めるでしょう」

徳三郎は淡々と、己の器量を語った。

「この判断、間違ってないと思ってます」

若だんなは、ゆっくりと頷く。諸事、間違いの無い判断が出来るから、徳三郎は大店の長崎屋で、番頭になれたのだ。自分の気持ちも、今の立場も、きちんと摑《つか》んでいる。そこが徳三郎の強みであった。

(この話は、おとっつぁんから聞かされてなかった。やはり直《じか》に会って話すのは、違うね)

そんな徳三郎ならば、新しく開く店を潰《つぶ》さず、やっていけると思う。若だんなはそう話した後、もっと細かい日々の事で不安がないか、話を移そうと考えた。難しい問題は、残っていないのだ。

ところが、話は片付いていると思うのに、当の徳三郎は顔をこわばらせ、今も落ち着かない様子でいる。そしてじきに、とんでもない事を言い足してきた。

「長崎屋を辞める日が、迫《せま》ってます。でも私は……自信がなくなってきてるんです」

「自信? はて、何の自信なのかな」

「若だんな、新たな小店をやっていく自信です。長崎屋を辞めた後、長年やってきた、廻船問屋の商《あきな》いをやれる訳《わけ》ではないので」

商品を荷主から預かって、船主に取り次ぐ廻船問屋は、必ずしも船を持っている店ばかりではない。ただ、長崎屋のように自前の船を持っている店は、荷運び代でも時間の融通の点でも、強かった。

「しかし、私には船など買えません。そして、大きな商いをする程の、金の余裕もないと分かってます」

廻船問屋は、小店で新しく始めるには、向いていない商売なのだ。

「それで袋物屋《ふくろもの》を始めてはどうかと、旦那様から言われてまして。その商いなら、小さな元手でも始められる。私は番頭として付き合いも広いから、お客になって下さる人も多かろう。佐助さんもそう言ってました」

江戸で作った品物の外に、長崎屋が京などから、上等な品を仕入れても良いという。ありがたいばかりだと、徳三郎は続けた。

「ですがやはり、やったことのない商いです。長崎屋を辞める日が迫ってくると、不安ばかりが募《つの》ってまいりまして」

いい年をして商いに失敗し、明日の食い扶持《ぶち》すら心配する事になったらどうしよう。嫁が来てくれないかもしれない。そんな考えが朝から晩まで、浮かんでくると言うのだ。

「若だんな、どうしましょう」

すると、横で黙《だま》っていた屏風のぞきが、知り合いの奉公人へしかめ面《つら》を向けた。

「あのさ、まずは聞いておくが、徳三郎さんは、店を辞めるのが嫌《いや》になったんじゃ、ないよな？」

「いえ、そんな事はありません。訳は先ほど、言いました」

長崎屋に残っても、その内、嫌でも辞めねばならない日が来るのだ。動くなら今だと、徳三郎も分かっている。

だが、しかし。

「それでも、不安が尽きなくて。私は止まってしまってます。全てが止まっているんです」

店を辞めたいが、それは不安だ。でもやはり辞めたいと思う。困った徳三郎は、離れにいる若だんなに、泣きつきにきたのだ。

「いやその、そんな事言われたってさ、どうしろって言うんだい」

屏風のぞきがうめき、若だんなは戸惑《とまど》い、小鬼達は部屋を軋《きし》ませた。離れの皆は、顔を見合わせる事になったのだ。

3

話がまとまらないまま昼餉時が終わると、徳三郎は慌てて店へ戻っていった。離れに残った妖達は、揃って大きく息を吐《つ》く。

「あの番頭さん、本心は一体、どっちなのかね。長崎屋を辞めたいのか？　それとも、やっぱり辞めずに済《す》むよう、若だんなから旦那様へ、口添えして欲しいのか？」

分からん男だと、屏風のぞきは何度も首を傾げている。

するとうどんの鍋《なべ》を片付けた後、鈴彦姫はおしろに後を頼むと、ちょいと知りたいことが出来たからと、離れを出ていったのだ。

「おや、何が気になったのかしら？」

ただ鈴彦姫は既に姿がなく、屏風のぞきも店から呼ばれて消えてしまう。

若だんなが首を傾げていると、二人の代わりに、離れに顔を見せた者がいた。何と金次が、辞めていく番頭、勝吉を伴《ともな》いやってきたのだ。金次は佐助から預かったお八《や》つ、安野屋《やすのや》の菓子を持っていた。

「若だんな、藤兵衛旦那様からの言いつけで、辞める勝吉さんと、先々の話をするんだって？」

ただ妖で無い勝吉は、離れに馴染《なじ》みがない為か、いつ顔を出したら良いのかと、首をひねっていたらしい。それで、安野屋のお八つを預かった金次が、勝吉を連れ離れへ来たのだ。

「奉公人の話し相手になると、若だんなが疲《つか》れる。だから菓子が必要だって、佐助さんは考えたみたいだ。安野屋の餅《もち》菓子、重箱三段分もあるんだぜ。うん、あたしは三つほど、いただこうかな」

そう言うと、許しなど得ずに離れへ入る金次を見て、勝吉は目を見開いている。

（そういえば、妖達以外の奉公人は、余《あま》り離れへ上がらないな）

若だんなは気にしないが、病弱な跡取り息子が臥《ふ》せっている部屋には、顔を出しにくいのかもしれない。一方妖達は、自分達こそ、弱い若だんなを守るのだと自負しているから、遠慮などなかった。

「勝吉、庭に立ったままだと、話が出来ないよ。入っておくれな」

若だんなが促すと、勝吉はようよう離れへ入ってきた。すると、金次がさっさと勝吉へ問うている。

「勝吉さんは、いくつ食べるかい？　はて、若だんなのお八つを、勝手に食べられないって、何でなんだ？　甘味は嫌いなのかな？」

金次が戸惑っているので、若だんなは笑って、三つ載《の》せた餅菓子の皿を勝吉の前へ置き、茶をもらった。天井《てんじょう》が軋んだので、鳴家達の為の菓子も、そっと長火鉢《ながひばち》の陰へ置く。

「あ、私は餅菓子、一つでいいからね。なんだい、金次。私が二つ食べないと、江戸が滅びるって兄やが言ってたの？　大丈夫、餅菓子が江戸を、焼き討ちしたりしないから」

一口茶を飲んでから、若だんなは辞めていく二人目の奉公人、勝吉と向き合った。

徳三郎とは違い、番頭になりたての勝吉とじっくり話すのは、初めてであった。長崎屋は二つの店がある大店だし、船も持っていて水夫《かこ》達もいる。だから今は、下働き以外の奉公人だけで、百人を超えているのだ。その上、徳三郎らのように独り立ちする者は多く、縁の深くない奉公人もいた。

「勝吉の方から顔を見せてくれて、嬉しいよ。今日はゆっくり話そうね」

そう切り出した所、勝吉はよろしくお願いしますと、隙《すき》のない挨拶《あいさつ》をしてきた。その上、向き合ってみると、確《たし》か廻船問屋で一番若い番頭は、見目《みめ》もなかなか良かった。

(勝吉、自分で店を構えたら、仲人《なこうど》にもおなごにも、もてるだろうね)

つまり、若だんなが勝吉と話し合う事に、先々どうやって妻を持つかは、入れなくても良さそうであった。ただ勝吉は若い分、辞める時貰える金子が少なく、肝心の店が持てるかどうか、まだ分かっていない。

(でも多分、何とかなると思うけどな)

通町辺《あた》りに新たな店を開くなら、大枚《たいまい》が必要だ。つまり勝吉が、その金を用意するのは無理なのだ。

(でも、例えば隅田《すみだ》川《がわ》を渡った先の東ならば、日本橋《にほんばし》などより、店の賃料はぐっと安いと聞いてるよ)

それこそ、街道の簡単な茶屋などなら、もう一段、安く開けるわけだ。

だから若だんなは、まず勝吉に、場所次第で店を持てる事を告げ、安心させる心づもりをしていた。それから先々の、暮らしの話へ移る気だったのだ。ところが勝吉は若だんなと向き合うと、まず餅菓子を一つ食べ、褒《ほ》めてから、何故だか溜息《ためいき》を漏《も》らしてきた。

「この餅菓子、美味しいですね。三春屋《みはるや》の、栄吉《えいきち》さんの作った菓子じゃなさそうだ」

「きゅんべ」

鳴家が鳴いて天井が軋んだが、勝吉はそれに構わず、若だんなを見つめてくる。

「あのぉ、こういう上等な菓子に出せる金があるんなら、もうちっと、辞める時に下さる金子を増やしてもらえませんかね？　今日は、その話がしたくて離れへ来たんです」

勝吉は、遠慮なくそう言ってきた。すると若だんなが口を開く前に、餅菓子を食べていた金次が、あっさり否《いな》と言い切った。

「勝吉さん、その話は藤兵衛旦那様と、とうに終えてるだろ？　出せないと言われた筈《はず》だよ」

長崎屋が、辞める奉公人へ払う額は、きっちり決まっているのだ。余程《よほど》、店の売り上げに貢献した者には、売り上げた年の末に、貯めてある金へ、貢献分の金が加えられた。

ただ貯められている金は、奉公した年月と、立場で額が決まる。奉公人の人数が多いので、長崎屋は全員が同じ形で、金を貰えるように決めているのだ。

「旦那様から、そう言われただろ。若だんなにねだっても、駄目《だめ》だよ」

すると見目の良い顔が、金次の、骸骨《がいこつ》に皮を張り付けたような面をにらみつける。しかし貧乏神金次は、平気な様子だ。

「おや、次はあたしへ怒りを向けてくるのかい？　そんなことをしても、やっぱり貰う金は増えないけどね」

「いい年になってから入ってきた、新参者《しんざんもの》のくせに。私に、でかい顔を向けるんじゃないよ」

金次は、ひゃひゃひゃひゃと笑った。

「でかい顔なぞ、しちゃいないよぅ。大体、廻船問屋長崎屋で、大きな顔が出来る奉公人は、佐助さんだけだ。実際、旦那様とあのお人が、廻船問屋を背負ってるんだから」

勝吉さんじゃあないねと言われて、若い番頭は顔を赤くしている。勝吉はその顔を、直《す》ぐに若だんなへ向けると、怒りの言葉を連ねてきた。

「若だんな、この骸骨みたいな新参者へ、一度びしりと言って下さいよ。先達《せんだつ》をもっと、敬うようにって」

勝吉に対して、まるで自分の方が上のような言い方をしてくるのは、我慢がならないと言うのだ。

「そもそも、私は番頭なんだよ。だから新参者は、頭を低くすべきなんだ」

立場でも、勤めている年数でも、顔や姿でも、金次は勝吉には敵《かな》わないのだから。勝吉が固い声で言うと、金次はまた笑い出した。

「ひゃひゃひゃっ、顔の事も言うかな。いや、勝吉さんが良い男だってぇのは、認めるけどねえ」

ただ、運が悪かったなと言い、金次はちろりと舌を出してから、笑い続けた。

「仁吉さんが、薬種問屋にいるからねえ。長崎屋の奉公人で、いい男って言ったら、皆、仁吉さんを思い出しちまうから」

勝吉は歯を食いしばった後、金次をにらみつけた。そして今度は、自分は、とんでもなく運が悪いと言い出した。

「店を辞めて、店主になろうと決めたっていうのに、金が足りないときてる。何ですか、若だんんな。無理じゃない、通町や日本橋から離れれば、何とかなると言うんですか？」

だが勝吉は、頷かなかった。

「この私に、相応《ふさわ》しい店の場所、大きさってもんが、ありますからね。私は、勘太がやるって言ってる、葦簀《よしず》張《ば》りの茶屋を商うなんて、ごめんです」

そして勝吉は、他にも不満を抱えているようであった。自分は出来る男で、役者のように様子も良い。なのに周りは、それに相応しい扱《あつか》いをしてくれないと嘆いたのだ。

「私は店で二番手、三番手扱いをされる男じゃ、ないんですよ」

勝吉の不満は、どんどん積み重なってゆく。すると金次は、口の両端を引き上げ、それは嬉しげな顔つきになってきた。

「おやぁ、そんなに自分を、高く高く思ってたのかい。へえええ、知らなかった」

「これまでで一番酷《ひど》かったのは、辞めると言った時の、同じ奉公人達の態度だ。辞められては困ると、全力で私を、止めるべきだったんです。なのに皆、お疲れ様でしたと言うんだから」

「へっ？」

金次だけでなく、離れにいた若だんなやおしろも、寸《すん》の間《ま》、言葉を失ってしまった。返答が思い浮かばなかったのだ。

(あれ？　これはもしや、その……)

勝吉が長崎屋を辞めると言ったのは、その後、止めて貰えると思っていたからなのか。なのに誰も、勝吉がいないと駄目だと、すがってきはしなかった。それで、腹を立てているのだ。若だんなは本気で困った。

「えーっと、勝吉は、これからどうしたいのかな」

「若だんな、私はまず、長崎屋の皆に謝って欲しいんですが」

勝吉はその後も、長崎屋を去る事情にこだわっていて、この先の話など口にしない。徳三郎は不安に包まれていたが、勝吉は怒りに覆われているかのように思えた。

(これでは勝吉と、先々の暮らしの話なんて、する事はできないよねえ)

きゅい、きゅわ、きゃたきゃた……。

離れにまた、鳴家が立てた軋みが聞こえ、若だんなは困った顔で天井を見上げた。

4

小僧が廻船問屋から呼びにきたので、勝吉は仕事へ戻っていった。若だんなは勝吉の姿が消えると、話し合いが出来るようになるまで、時が掛かりそうだと息をつく。

「何で徳三郎も勝吉も、こんなことになったのかしら。何だか三人目の、勘太と話すのが怖《こわ》くなってきたよ」

すると金次が、手代の勘太との話は、こじれたりしなかろうと言ってくる。

「勘太さんは国元へ帰って、小さな茶屋を開くんだろ？　金も払い済みだ。そこまで決まってるなら大丈夫さ」

確かに、茶屋をやるという話は身の丈《たけ》に合っていて、今の所、困りそうな点は思いつかない。若だんなも首を縦に振った。

「なら、まずは勘太との話から、先に済ませてしまおうか。あ、でも、急に離れへ呼んだら、店が困るかな」

「若だんな、なぁに、存外暇《ぞんがいひま》は作れるもんさ。ひゃひゃっ、まだ沢山《たくさん》お八つがあるから、勘太さんは今離れへ来たら、喜ぶと思うよ」

金次は勝手に得心《とくしん》すると、勘太へ声を掛けてくると言い、母屋へと向かった。

すると、首を巡らせた若だんなは、離れへいつの間にか、鈴彦姫が戻っていた事に気がついた。鈴の付喪神《つくもがみ》は、小声でおしろと語っていたのだ。

「おしろさん、私は驚く話を、掴んできたんですよ。ほんと、びっくりです」

鈴彦姫は、先《せん》の、徳三郎の話を聞いていて、引っかかるものがあったという。

「若だんなだって、何故徳三郎さんが迷っているのか、気になりましたよね。徳三郎さん、店主になりたいって言ってたのに、腰が引けてて、奇妙な感じでしたもん」

それで鈴彦姫は、佐助と徳三郎が、空き店を見て回ったという表長屋へ行き、何か揉《も》め事がなかったか問うてみたという。

「すると、です。思わぬ事が分かりました」

佐助と一緒に小店を見たとき、徳三郎は喜び、直ぐにも話を決め、袋物屋を始めたいと言っていたらしい。

「そして徳三郎さんはその後、別の人とも、同じ表長屋へ行ってたんです。あのね、連れは女の人だったそうです」

「きゅい、きゅわっ」

おとせという名で、しかも年は、二十代の半ば辺りだったらしい。鈴彦姫がそう告げると、おしろが小さく声を上げた。

「若いわ。あら徳三郎さんたら、店を辞める前から、おかみさんの当てがあったのね」

貸家の大家も、おとせは綺麗《きれい》な娘だと言っていたらしい。おしろが何度も頷いた。

「もしかしたら、そのおとせさんと一緒になりたいから、徳三郎さんは長崎屋を辞める決意を、したのかもしれませんね」

どこの娘御《むすめご》なのか、持参金はあるのか、仲人は既に立っているのかと、興味津々《きょうみしんしん》のおしろが鈴彦姫へ聞く。すると、鈴彦姫は渋《しぶ》い顔になった。

「それがね、持参金の話を聞くどころじゃ、なかったんで、分からないんです」

「えっ、どういうこと？」

若だんなとおしろが、揃って身を乗り出す。注目された鈴彦姫は、鹿爪《しかつめ》らしい顔になった。

「おとせさんと徳三郎さん、表長屋を離れた後、喧嘩《けんか》になっちゃったんです」

おとせは徳三郎へ、考えていたのと違うと、文句を言っていたらしい。徳三郎の連れは、袋物屋には興味を示さなかったのだ。徳三郎は、表長屋の店が小さかったから、気に入らなかったのかと、問い返していたと聞き、若だんなが驚く。

「そりゃ表長屋の小店は、大きくはないよね。けど、新しく店を開くんだ、そういうものだと思うけど」

表長屋は、一階の表で商いをして、その奥にあるのは、一間《ひとま》と台所だ。後は急な階段の上、二階にある部屋で、暮らしていくという所が多かった。

二階の部屋は、一階の部屋より広いだろうが、屋根の勾配《こうばい》に合わせ、天井の端が低くなっている家も多い。

「けど、それでも九尺二間《くしゃくにけん》の一間で暮らす長屋に比べれば、ぐっと広いですよ。夫婦二人なら、部屋に余裕があります」

おとせは贅沢《ぜいたく》だと、おしろが顔をしかめる。何より、賃貸しであっても自分の店だ。徳三郎は、店主になるのだ。後は夫婦で、店を大きくしていくのみであった。

すると鈴彦姫が、溜息を漏らした。

「徳三郎さんは今、何十人も奉公人がいる廻船問屋長崎屋で、番頭をしてますよね。おとせさんは、表からその様子を見ているようなんです」

そして徳三郎が店を持つと聞き、長崎屋のような店で、おかみをしている己を、思い描いたのかもしれない。それを聞いた若だんなが、困った顔になった。

「それで表長屋の店を見て、がっかりしたのかな」

ここでおしろが、袋物屋は、おかみも働かねばならないから、それも考えの外だったのではと言ってくる。

「おかみと亭主の二人が、針仕事が上手《うま》ければ、袋物を仕立ててくれる職人達への払いを、減らす事が出来ます。あたしがたまに行く袋物屋じゃ、夫婦で針仕事をしてますよ」

しかし徳三郎は早めに妻を得て、子を欲しがっていた。妻にしっかり働いて欲しいと思っても、おとせに嫌われるような事は、言えなかったに違いない。おそらくそのせいで、徳三郎は袋物屋の小店を開いても大丈夫なのか、迷いだしたのだ。

この時、話を聞きかじったらしい別の声が、割って入ってきた。

「ひゃひゃっ、徳三郎さんはきっと、十五も若い相手を、甘やかしてきたんじゃないかな。でもその、おとせさんとやら、袋物屋のおかみさんには、向いてないんじゃないかな」

若だんなは、聞き慣れた声のする方へ目を向けた。すると金次が庭で手を振り、勘太と、何故だか屛風のぞきを連れている。勘太は、若だんなが任されている薬種問屋長崎屋の奉公人だから、辞めていく他の二人よりも馴染みがあった。

「あ、離れへ来る事が出来たんだね。良かった。早めに話したかったんだ」

若だんなは笑って庭にいる勘太へ、声を掛けてみた。すると驚いた事に、いつもは落ち着いている勘太が赤い顔で、何度も強く頷いてくる。若だんなは一寸《ちょっと》、ひやりとすることになった。

(あれ？　これはもしや……勘太も、何か悩みを抱えているのかな)

「きょんげ？」

ここで小鬼達が、残っているお菓子欲しさに、若だんなの膝《ひざ》に乗ってくる。鳴家は人の目に見えない妖だから、離れへ現れても困らないが、勘太の菓子を食べてしまっては気づかれる。

若だんなは勘太達が離れへ上がり、おしろから菓子を貰っている間に、こっそり小鬼へ言い含めた。

「鳴家や、これから勘太と、大事な話があるんだ。だからお菓子が出るけど、勘太の分は食べちゃ駄目だよ」

若だんなが二つ目の菓子を食べなくても、江戸は滅びないが、鳴家が勝手に勘太の菓子を食べると、長崎屋を巻き込んでの大騒《おおさわ》ぎが起きる。離れが、お菓子が消える魔の場所と言われるのは、拙《まず》かった。

「小鬼、分かったね？」

「ぎゅんべー」

鳴家がふてくされて、膝の上で寝転がる。一方、若だんなの向かいに座った勘太は、三つの菓子を前に、緊張していた。

「若だんな、あの、その、おれ、辞めるんです。旦那様に、そう言いました。あ、この事は、ご承知でしたね。だから若だんなが、おれと話してるんですから」

声が裏返っていたので、若だんなはまず、菓子を食べてから話そうと言ってみる。勘太は餅菓子を食べた後、にこりと嬉しげに笑って、やっと並に語りだした。

「ええと、今日、若だんなと話が出来て、おれ、嬉しかったです。その、どうしたらいいか分からない事が、起きちまってて」

それで、屏風のぞきにも来て貰ったと言うと、付喪神が頷いている。屏風のぞきは、勘太の悩みは徳三郎や勝吉より、困った事だと言ってきた。

「勘太さんの里方《さとかた》が、関わってるんだ」

勘太が下を向き、屏風のぞきが溜息を漏らすと、さっさと肝心な所だけ話しちまえと、貧乏神金次が促してくる。まず屏風のぞきが、話し出した。

「勘太さんは騙《だま》されたんだ。長崎屋は、小僧として働いている間も、手代の時も、奉公人なら毎年幾らか金を積み立ててくれる。それを、そっくり奪われちまったんだと」

「えっ？」

こんな話を聞くとは思わず、若だんなは目を見開いた。

「奪われた？　確か勘太は国元へ帰って、街道沿いに、小さな茶屋を開く気だったんだよね？」

それで既に国元の身内へ、金を送っていた。

「勘太、なのに何で、騙されたって言葉が出てくるの？」

「その……おれは旦那様からいただいた金を、里へ送りました。親父が、茶屋を買うと言ってくれたんです」

いや、そもそもまだ若い勘太が、長崎屋を辞める事になったのは、親兄弟から勧《すす》められたからだ。以前、里へ送った文《ふみ》に、番頭徳三郎が長崎屋を辞めて、小店を開く気だと書いた所、勘太も里方へ戻って、小さな店でも開かないかと、親が言ってきたのだ。

「初めは店をやる金など、まだまだ貯まってはいないと断ったんです。でも次兄《じけい》が、茶屋なら開けるだろうと、強く言ってきて」

勘太の里は、中山道《なかせんどう》の浦和宿《うらわしゅく》近くにあった。番頭の徳三郎に話をしてみた所、本当に簡素な作りの茶屋なら、何とか開けると分かり、親元へ戻りたくなったという。

勘太は以前、廻船問屋を手伝った事もあったので、徳三郎とも結構話すという。その徳三郎は、辞める時、江戸で小店が開けるほど金子が貰えるらしいが、もう四十二だ。

「その年まで、ずっと奉公して行けるか、己が分からなくて。なら、茶屋しかやれなくても、里へ帰りたかった」

新しい事をやれる金があるだけ、己は幸運だと思っていた。だが少しして、里から思わぬ文が送られてきたのだ。

「その……親はおれの金で、街道沿いに茶屋を買ったそうです。でもその茶屋は、次兄のものとする。だからおれは、長崎屋を辞めるなって言ってきたんです」

どうやら、他家へ婿《むこ》に入っていた次兄は、離縁されて里へ戻っていたらしい。親は勘太より、まず次兄の暮らしを考えたのだ。

「きょんげ？」

「えっ、でも長崎屋が出したお金を、親御《おやご》は使ってしまったんだよね？」

若だんなは、顔を強《こわ》ばらせた。辞めた奉公人が、受け取った金を返さないまま、長崎屋に居続《いつづ》ける事は出来ないだろう。そんな事を許したら、他の奉公人達が、勝手をやりだしかねないからだ。

「おれ、このまま長崎屋に居られないのは、分かってます。けど長崎屋の他に、居られる所がないんです」

金を戻せと勘太の里へ言っても、おそらく無理だろう。奉公に出た子供の賃金を、親が貰ってしまう話は、結構聞くものであった。中には女の子を奉公と称し、吉原《よしわら》などへ売り飛ばしてしまう親とているのだ。

そして、戻ってくるなと言われている勘太は、里へ帰っても親に養っては貰えない。浦和で働く当てもなかった。あるのなら、先に次兄が働いていた筈なのだ。

「若だんな、おれ、どうしたらいいんでしょう」

泣きそうな声で、勘太は言ってくる。若だんなは、そっと息を吐いた。

「正直に言うよ。勘太はもう里方へ、帰らない方がいい」

親兄弟は、勘太を酷く雑に扱っている。飢饉《ききん》や病で、生きるか死ぬかの出来事が起きた訳でもないのに、勘太より自分達の利を、一番に考えていた。

(これが、身内の扱いなのか?)

若だんなは勘太を見た。

「勘太、とにかく暫《しばら》くは、いつも通り薬種問屋で働いてなさい。その間に、先の事を考えておくから」

勘太はまだ、十九であった。もう、お上《かみ》から守って貰える年ではないが、頼れる里方すらなく、突然《とつぜん》一人で放り出されるには若すぎる。藤兵衛なら、ただ追い出したりはしなかろうが、落とし所が見つかりにくそうだとも思った。

(さて、どうしたものか)

困りごとが、何故だかどんどん増えていた。

5

若だんなはとにかく、辞める三人が今、どういうことになっているのか、母屋へ行って父に知らせた。藤兵衛や、傍らにいた佐助は、廻船問屋の奥の間で、目を見張る事になった。

「これは、思いもしなかった事になったね。一太郎、後はおとっつぁんが考えるから、お前は無理しないように。また、寝込んだら大変だからね」

「はい。でも、何かやれる事を思いついたら、三人に力を貸します。皆、困っているので」

すると、翌日の昼を回った刻限《こくげん》、離れへ若だんなを診《み》に来た妖医者の火幻《かげん》が、患者に、小さな袋物屋の主がいると伝えてくれた。

その達吉《たつきち》という店主は、腰を痛めてはいるが、大丈夫、相談に乗ってもらえそうだという。若だんなはその袋物屋と、徳三郎やおとせを、会わせてみようと思いついた。

「袋物屋を始めたら、どんな仕事をして暮らす事になるのか、分かるだろうし。そうしたら、おとせさんも落ち着くんじゃないかな」

その話を、廻船問屋に居る徳三郎へ伝えると、若だんなが気に掛けてくれて嬉しいと、番頭は頭を下げてきた。そして達吉に都合の良い日を聞き、後日、表長屋の店へ会いに行くと決まった。

「私も一緒に行くよ。ここのところ、調子が良いから大丈夫。そうそう寝込まないさ」

ただ当日になると、急におとせの都合が付かなくなったと、徳三郎が言ってきた。それで、若だんなと徳三郎で出かけたが、おしろや屏風のぞき、小鬼達まで付いて来る事になった。

「旦那様が、出かける若だんなの事を、心配なすってたからさ。暫く寝込んでないから、そろそろ倒れるかもしれないだろ？」

だからいざと言うとき、負《お》ぶって離れへ戻る者が必要だと、屏風のぞきは言うのだ。

「あのさ、それじゃまるで、私が時々、表で倒れてるみたいじゃないか。そんな事には、なってないよ」

「分かってるよ、若だんな。だって若だんなは、離れで倒れて寝込んでるからね。確かに表では、倒れてないな」

「きゅいきゅい」

横で、徳三郎までが笑っているので、若だんなはふくれた。だがじき、その事より、おとせが来られなかった事が気になってきて、若だんなは徳三郎へ目を向ける。すると、番頭の眉尻《まゆじり》が下がった。

「あの、事前に今日表長屋へ行くと、おとせには伝えたんです。ですが先ほど迎えに行くと、家に居なかったんですよ」

ただ朝方、家を出た姿を見た者がおり、心配はしていないと、徳三郎がつぶやく。ここでおしろが急に用を思い出したと、通町の道を、小道の方へ逸《そ》れていった。

「ええ、ちょいと確かめておきたい事を、思い出しまして」

すると小鬼が一匹、おしろへくっついてゆく。若だんな達は、言葉少なに袋物屋へ、向かう事になった。

ただその後は、良い一日になった。袋物屋の達吉に会った徳三郎は、暫く店で話し込んだ後、実際、袋物を縫《ぬ》う針など持たせてもらい、目を輝かせていた。

「やった事のないことに、怖《お》じけておりましたが、やはり商いは、大本《おおもと》が似ておりますね」

それだけでなく、長崎屋を通して、上方の袋物を仕入れる話を聞くと、達吉が、凄いと言って徳三郎を見てきた。

「いや、うらやましい。何と徳三郎さんは、上方の品も売るんですか。この先、うちとは懇意《こんい》に願いたいですな」

達吉は同業として、徳三郎と付き合うことを決めたようで、どこに店を出す気かとか、誰と暮らしているのかとか、一歩踏み込んだ事を問い始めている。

徳三郎は番頭故《ゆえ》、今は独り身だが、おとせという人がおかみに決まっていると、少し照れたような顔で話していた。

「おお、店を開いて、その時おかみさんも迎えるんですね。それはめでたい」

早めに跡取りが欲しいと、徳三郎が言うと、達吉が頷く。そして妻の身内に、娘しかいない小店があるのだが、なかなか婿取りが決まらず揉めていると、内々の話が語られた。

「親戚は店を任せられる、しっかりした婿を望んでます。だが娘さんは、振り売りをしている、様子の良い男に目が行っているとか」

親子で喧嘩だと言うと、徳三郎は笑い、屛風のぞきが、そっと若だんなへ頷いた。

「若だんな、徳三郎さんには、頼れる袋物屋の知り合いが、出来たみたいじゃないか」

これなら、小店の商いにも馴染みそうだと、若だんなはほっとして笑みを浮かべた。しかしその安心は、長くは続かなかった。

達吉の店のある表長屋の先から、足音が近づいて来たと思ったら、小鬼とおしろが急ぎ、若だんな達の方へ駆《か》け寄って来たのだ。

「若だんな、大変です。徳三郎さんのお相手、おとせさんが大事《おおごと》です。来ないのが気に掛かって、実はあたし、探しに行ったんですよ」

おしろや小鬼は、他の妖らに問うて、徳三郎よりもずっと上手く、おとせの行方《ゆくえ》を掴む事が出来た。

そして、魂消《たまげ》る事になった。

「おとせさんが来なかった事情、分かりました。何と今日、お見合いをしてたんです」

「えっ……」

仲人に連れられ、徳三郎より十以上若そうな半纏《はんてん》姿と、おとせは会っていたのだ。あの半纏姿は、稼《かせ》ぎが良いとされる大工《だいく》だろうと、おしろが語る。

「おとせさんはかわいいし、多分、縁談《えんだん》は他にも来てたんでしょう。徳三郎さんより、大工に惹《ひ》かれたって事です」

見合いは、茶店に座るおなごの傍らを、男が通り過ぎ、互《たが》いを見るくらいのもので、あっという間に終わった。それでおしろは度胸《どきょう》良く、見合いの後おとせと会い、話してみたと言う。

「あの、おとせさん、何と言ってたの？」

「若だんな、おとせさんは、堂々としてましたよ。長崎屋縁の者に、見合いを見られたことが分かると、こういう次第になりましたと、頭を下げる事もなく話してきました」

徳三郎は、おとせが見合いしたことに、腹を立てるかもしれない。だが、若いおなごが良いとか、跡取りが早く欲しいとか言い、生まれなかった時の事など考えない男に、惚《ほ》れてはいなかった。おとせはそう言ったという。

「お互い様だと思ってます」

今時《いまどき》の娘は、はっきりしたものだと、長く生きてきた猫又《ねこまた》は驚き、そこで話を終えたという。

江戸は今も、おなごの方が男より少ない。おなごの嫁ぎ先《とつ》は多くあった。

「つまり、おとせさんと大工の縁談は、まとまると思います」

おしろがそう告げると、黙って聞いていた徳三郎は、袋物屋の店先にへたり込んでしまった。

6

よろける徳三郎を庇《かば》いつつ長崎屋へ戻ると、廻船問屋の店内は、何故だかざわついていた。とにかく徳三郎を店の二階で休ませ、離れへ落ち着くと、お八つの饅頭《まんじゅう》を手にした佐助が現れ、溜息を漏らしてきた。

「実は勝吉さんは、どうしても店へのこだわりを、捨てられないのです。で、当人が望んでいる通町近くの店が、どれくらいで借りられるか、知ってもらおうと思いまして」

佐助は今日勝吉と、空き店を何軒か、回ってみたという。

「やはりというか、長崎屋の近くの店は、賃料が高すぎました」

どんな商売でも、建物を借りただけでは店を開く事など出来ない。仕入れをし、商売物を店頭に並べるにも金は掛かる。慣れない商売が金を生むまでの間、暮らしを支える金子も、用意が必要であった。

他にも、同業への挨拶や、近所への心配りなど、開店時に、金が出る事は山とある。

「勝吉さんは長崎屋の番頭なのですから、それも分からないような阿呆《あほう》じゃありません。納得し、落ち込んでしまいました」

このままだと、店主になれないと思ったからか、店へ戻った時、勝吉は周りが驚くほど、怖い顔になっていた。よって先ほどから、母屋に巣くう小鬼達が、髪の毛を逆立てて鳴いているのだ。

「ああ、それで店表《たなおもて》が、落ち着かない感じだったんだね」

「ですがねえ、勝吉さんは今も、隅田川を東へ渡るのも江戸から出るのも、嫌だって言うんですよ。そこを譲《ゆず》らないんで、この後どうしたらいいか、旦那様も困っておいでです」

佐助が、木鉢に入った饅頭を若だんなの前へ置くと、必死の顔つきになった小鬼達が、周りに群がって手を伸ばす。離れに来ていたおしろがぺしりと、小さな手を叩《たた》いた。

「若だんなのお八つですよ」

叱《しか》られたからか、饅頭を摑もうとはしないが、小鬼達はそれでも饅頭を見つめている。若だんなが笑って、幾つか小鬼達へ渡すと、たちまち皆で小さくちぎって、食べてしまった。

ここで屛風のぞきが佐助へ、徳三郎の件を告げると、縁談の結末を知って佐助がうめいた。

「奉公人が長崎屋を辞める事は、珍しくはないんですが。今回は本当に、すんなりいきませんね」

おしろ達は、この後万一、大工との縁談が流れても、徳三郎はおとせと、縁を結ばない方が良かろうと話している。だがそうなると、次の縁を探すのは、少し大変かも知れないと、おしろが言った。

「いいえ、徳三郎さんは小店を開くんですから、嫁御は見つかりますよ。ただ、十五も年下のおなごは、難しいかもしれません」

やはり大きく違わない年頃の者と、添《そ》うおなごが多いのだ。仲人に縁を頼むと、近い年頃の相手を勧められる。

「徳三郎さん、跡取りは身内から、養子でも迎えたらいいのかも知れません」

佐助が店へ戻るとき、若だんなは饅頭を持って、徳三郎の様子を見に、母屋の二階へ昇った。

すると番頭は、もう大丈夫だと起き上がり、部屋の隅で頭を下げてきたのだ。

「おとせの事は、諦《あきら》めます。この年で、かなり年下のおなごを嫁にと考えたのが、しくじりの元かも知れません」

店を開くのなら跡を継ぐ者が要《い》る筈と、つい若い嫁を考えてしまったという。

「私には二人妹がいますが、子供は女の子ばかりでね。男の子を一人、うちの跡取りに欲しいとは、言えないんですよ。でも、嫁も子もいないまま、一人で店を続けるのは大変すぎますので」

「そうだよね。一人だと、外出《そとで》をするたび、店を閉めなきゃならないし」

すると若だんなは頭の内に、何かが浮かんできた気がした。ただ、その考えを摑む前に、一階が騒がしくなり、思いつきは霧散《むさん》していく。二階へ上がってきた手代に、何があったのかと問う事になった。

「それが先ほど店に、とんでもない文が来まして。これです。勘太さんの国元からでした」

辞めていく三人の事を、藤兵衛から頼まれているので、大番頭がわざわざ若だんなへ知らせてきたのだ。その文には、勘太の次兄は国元で茶屋を開いたが、早々に金子が足りなくなってしまったと書いてあった。

「勘太さんによると、次兄は商売をしたことが、なかったそうです」

あっという間に手持ちの金を、使い切ったらしい。文の続きを読んで、若だんなは目を見開いた。

「店を辞める前に、長崎屋から金子を借りて、里へ送れって言うの？　親は、勘太のお金を使い込んだだけでなく、借金まで背負わせる気なの？　一体、どういう親なんだろう」

何故、こうも揉め事が続くのかと頭を抱えていると、横にいた徳三郎が手代に、勘太を二階へ呼ばせた。そして当人が現れるのを待たず、徳三郎は勝手に、借金を断る文を書き始めたのだ。

「勘太から取り上げた店で、金が足りなくなったのなら、店をやっている兄が借金をすれば良いんです。もう浦和の茶屋に、勘太が関わるべきではありません」

そして勘太が顔を出してくると、徳三郎は若だんなの前で、親が寄越した文と、書き上げた文を並べて見せ、勘太の名で返事を出しても良いか尋ねた。勘太は驚き、文の端を摑んでいた。

「あの……親は何で、兄弟の内、おれにばかり色々求めてくるんでしょう」

若だんなには、勘太以外の身内ばかり大事にする、親の事情は分からない。ただ。

「勘太、ここで金を送ったりすると、親御はこの先もずっと、勘太に金を求めるようになると思う。ちょいと恐いよ」

するとと勘太は頷いたものの……里の者達からは逃げられないと言ってくる。縁を切るのが怖いと、勘太は正直に口にした。一人きりになり、誰にも思い出して貰えないのが怖いと。

「長崎屋を辞めたら、おれの名前を覚えてるのは、里の身内くらいになっちまうんで」

「それは……」

若だんなと徳三郎は、顔を見合わせた。この先、長崎屋で雇い続ける事は出来ないのに、里から離れろと勘太へ言うのは、綺麗事だ。長崎屋の勝手だ。徳三郎が顔をしかめた。

「でも、もう親たちの意のままになっちゃ、駄目なんだよ。勘太、このままでは、勘太の明日は暗くなっちまう」

生まれ育った里の者達に嵌《は》められ、金を取られ続ける事は、長崎屋にいる内に止《や》めねばならない。徳三郎は首を振った。

「どうすれば、親御達は止まるのかね」

若だんなも真剣に考えたが、答えが浮かんで来なかった。止められても責められても、勘太の親達はおそらく変わらない。勘太は金を生む者なのだ。借金まで求めてくる身内が突然、勘太の先々を思い、無茶を言わないようになるとは、とても思えなかった。

そして奉公人の勘太が、目の前でうなだれているのに、長崎屋の跡取り息子である若だんなは、助けられずにいる。

「ああ、私は……力が足りない」

勘太を、里の者達から逃がしたい。

勝吉を、ちゃんと店主にしたい。

徳三郎には嫁取りをさせ、跡取りも得て欲しい。

「一体、どうやったら全部、何とかなるのかしら」

徳三郎が、身内との縁切りはとにかく、今回の借金は断らねばと言い、勘太を伴い下へ降りていった。一人残った若だんなが、溜息を漏らしたところ、小鬼達が現れ、若だんなの膝で、きゅい、きゅわ、明るく鳴き、若だんなの問いに答え始めた。

「きゅい、勘太、逃げる。居場所、内緒」

「勝吉、店、始めてみる」

小鬼達は、どうやるかは言わなかった。

「きゅわ、徳三郎のお嫁さん、連れてきてって、仲人に頼む」

すると。若だんなはここで目を見開くと、小鬼達を見つめた。そして十数える間、黙った。それからゆっくり天井へ目を向け、また小鬼を見てからつぶやく。

「……そうだよね、小鬼が正しい」

まず、やれる事をやってみなければ、何も始まらないのだ。これも駄目、あれもいけないと、この二階で迷っていても、事は解決しない。大急ぎで、とにかくやれる事を、やってみなければならなかった。

「きゅげ？　若だんな、小鬼はいつも大当たり」

「上手くいかないかも知れないが、とにかく動いてみよう。ひょっとしたら、全部、片付くかも知れないよね。うん、駄目でも試してみるべきだ」

若だんながそう話すと、小鬼達は首を傾げつつ、嬉しげな顔つきとなる。若だんなは徳三郎達が降りていった階段へと目を向け、これからどう動くか、急ぎ決めていった。

7

翌日、若だんなは離れで起きると、朝餉《あさげ》が済んだら出かける事を、兄や達へ告げた。だが、朝一番に部屋へ来た兄や達は、他出《たしゅつ》と聞いて良い顔をしない。ここ暫く、出かける事が増えているので、そろそろ出かけた先で倒れ、高熱を出し、十日は立つ事もできないほど、寝込むだろうと言ってきたのだ。

「仁吉も佐助も、私を寝込ませたいのかい？　大丈夫だよ。大分《だいぶん》、丈夫になってきた気が、してるんだから」

「若だんな、気がしてる……だけですよね」

「本当に、寝込んではいないじゃないか」

しかし出かけるなら、朝餉の玉子焼きを半分、小鬼達に食べて貰っては、駄目だと言われてしまった。丈夫な若い男なら、玉子焼き三切れくらい、あっという間に食べられるというのだ。

ご飯も全部食べないと、今朝の佐助は納得してくれない。若だんなは、小鬼を味方に付けつつも、朝食を終えるのに苦戦する。

そして朝餉の為に、表へ出るのが遅れたので、助かる事になった。

「若だんな、大変だよっ」

やっと朝餉が終わった四《よ》つ時、離れへ駆け込んできたのは、屏風のぞきであった。

「何と、廻船問屋長崎屋の方へ、勘太さんの身内の、次兄が乗り込んで来たんだ」

浦和からなら、半日程で通町へ来る事が出来る。親が借金をしろと、勘太へ文を寄越した後、次兄は早々に金を取り立てに来たのだ。

「勘太が働いているのは、薬種問屋だ。次兄は何で、廻船問屋へ行ったんだ？」

仁吉が驚き、佐助が直ぐに母屋へ向かう。番頭の勝吉は、単に勘太が、どちらの店で奉公しているのか、次兄には分からなかったのだろうと言っていたらしい。

「勝吉が？　勝吉が次兄と話しているの？」

若だんなが問うと、屏風のぞきが頷く。

「もうすぐ店を辞めるから、揉め事は自分が受け持つって、勝吉さんが言ったんだ。結構、男気のある奴だったんだな」

勘太は、徳三郎が素早《すばや》く蔵へ隠したらしい。次兄は、勘太が金を出した茶屋を奪い、しかも新たな借金を押しつけてきた。長崎屋では歓迎されないのだ。

すると幾らもしないうちに、今度は佐助が戻ってきて、早々に事は終わったと告げてきた。

「おや、勝吉に言われて、次兄は帰ったの？」

すると佐助は、勝吉では次兄を追い返せなかったと、告げてくる。しかし。

「若だんな、実は旦那様が店表で、土間に居た次兄と、お話しになったんです」

藤兵衛は、勘太は既に店にはいないと、その場で言い切った。店を辞めたときに払う金は、もう渡してある。なのに、辞める前に借金を申し込んできたので、長崎屋から出したと告げたのだ。

「揉め事を起こした勘太は、長崎屋とは縁が切れたんだ。兄のお前さんも、二度と長崎屋へ顔を見せてはいけない。分かったか？」

借金は出来なかったから、勘太は金など持っていない。行き先を知る者はいない。お前さんは己の里へ、さっさと帰れ。畳《たた》みかけるように言われ、次兄は逃げるように店から消え、勝吉が店の土間に塩を撒いたらしい。

「店の皆は、ほっとしておりました。ですが」

次兄が近くから、本当に長崎屋から勘太が消えたか、見ている事も考えられる。今度こそ、長崎屋を出て行く時が、勘太に訪《おとず》れたのだ。

「さて、この後どういたしましょうか。旦那様は、勘太の身の振り方の方を、困っておいででした」

するとここで若だんなが、昨日思いついた考えを、兄やへ告げる事になった。

程なくして、長崎屋から少し、神田《かんだ》寄りへ行った小道の途中に、徳三郎が袋物屋を開いた。若だんなや兄や達が、藤兵衛からの祝いの品を持って、早々に店を訪れると、徳三郎の笑みが待っていた。

「ようよう自分の店を持てました。これから大変でしょうが、今は誇らしくもあります」

店の切り盛《も》りをするだけでなく、徳三郎は裁縫を覚え、まずは簡単な品を縫うようになっているという。小さな店をやる者は、とにかく何でも、こなさねばならなかった。

「店の名ですか。三徳屋《さんとくや》にいたしました」

主の名をひねっただけのものと言うが、良き名だと、兄やも褒めている。そして三徳屋には、嫁御はいなかったが、ちゃんと店番が出来る奉公人がいた。

若だんなは徳三郎に、勘太を預かって貰ったのだ。

「私一人では店を留守に出来ないので、品物をお客へ届ける事もできません。馴染みのある勘太が来てくれて、助かりました」

「旦那様、おれ、頑張《がんば》ります」

奉公人から旦那様と呼ばれて、徳三郎は顔を赤くしている。勘太はこれで、無事長崎屋から出た上、居場所を得た。そして勘太の名を覚えていてくれる者を、得られたのだ。

やはり縫い物の稽古《けいこ》を始めたという勘太を見つつ、頼りにしていると、徳三郎が言っている。

若だんなは暫くしたらおしろに、もっと年の近い嫁御を、徳三郎へ世話して貰おうと考えていた。一緒に暮らし、老いていく連れ合いだ。

（まあ、少し先の話だ。今は、店を開いたばかりだもの。とにかく商売を、波に乗せなきゃね）

江戸は広く、人もそれは多い。長崎屋から離れているから、里方の者も勘太を、探し出せはしなかろうと思う。そもそも中山道から通町へ来るには、金と時が掛かる。そう何度も江戸へ、来る事は無いだろう。

そして。ここで徳三郎が、若だんなに笑いかけ、勝吉のことは、面白いやり方を選びましたねと言ってくる。

若だんなは勝吉が辞める時、長崎屋から貰う金を、店を購《あがな》う為に使うのを止めようと言ってみた。そしてその代わりに、金は大家株《おおやかぶ》にしないかと、勝吉へ聞いてみたのだ。

傍らで兄や達が笑った。

「店奥の部屋で、勝吉さんへその考えを伝えた時、魂消てましたね。旦那様は、面白がってましたけど」

とにかく、納得できる店を買うには、勝吉の金では足りないのだ。これは、動かせない事であった。ならば、どうやったら勝吉が暮らしていけるか、若だんなは考えねばならない。

「金は足りないけど、勝吉は顔が良い。それだけでなく、度胸も良くて、勘太の面倒も見られる人だった」

その上、大店の長崎屋で番頭をしていたという、立派な立場もある。勘太の次兄と向き合える、男気もあった。だから若だんなは、店主以外の道も考えたのだ。

「私は、大家になるのも、面白いと思ったんだ。江戸じゃ、人気の立場だもの」

大家になれれば勝吉の暮らしは、間違いなく成り立つ。ただ、そうなるには問題もあった。大家株は安いものではなく、それがないと大家にはなれない。そして安いものではない上、長屋の大きさによって、値は様々だ。今長屋を勝吉が買うには、金が足りないかも知れなかった。だから。

「今、勝吉と組んで、二人で長屋を買い、大家をしてくれるお人を、探してるんだ」

そんな都合の良い話があるのかと、言われてしまいそうだが、若だんなは、無理な話ではないと思っている。江戸には、幾つかの長屋で大家を兼ねている者も、いるからだ。

もう一つ大家株が欲しいが、金が足りない。そういう相手を見つけたいと思っていた。

「知り合いに、探して貰っている所なんだ。徳三郎や袋物屋の達吉さん、安野屋さん、三春屋におしろ、場久《ばきゅう》にも頼んでる」

おしろは三味線《しゃみせん》の弟子《でし》達に、聞いているらしい。場久が話を持っていったのは、寄席《よせ》の主や客達だ。

「多分、見つかりますよ。ええ、大丈夫でしょう」

おしろがそう言ってくれたので、心強いと、若だんなは笑って徳三郎へ告げた。

「ならばこの後、そう遠くない頃に、大家さんになった勝吉と、会えそうですね。いや、先々の目処がついて、良かった」

徳三郎は早くも、かつて同じ店の奉公人だった勝吉を、飲みに誘《さそ》いたいと言い出している。若だんなはほっとすると、少し大変だったなと思い息を吐いた後、兄や達に笑みを向けた。

「良かったねえ。辞めた三人はやっと、明日へ踏み出せたみたいだ」

徳三郎達へ挨拶をした後、若だんな達は機嫌《きげん》良く、長崎屋へ足を向けた。だが帰る途中の人混みの中、何故だか兄や達は道で、ちらちらと若だんなを見てくる。

「どうしたの？　何か、話でもあるの？」

するとと振り売りとすれ違ってから、まずは佐助が、真剣な口調で話し出した。

「あの若だんな。そろそろ具合が、悪くなったりしませんか。こう何日も寝込まないなんて、不思議な気がしているんですよ」

仁吉までが、頷いてくる。

「若だんな、熱が出てるのに、駕籠《かご》は嫌だからって、歩いてるんじゃないですよね？　そういえば今朝の朝餉は、半分くらい鳴家達が、食べていませんでしたか？」

「それは……いつもの事じゃないか」

言い返してはみたが、二人は何故だか納得しない。

「仁吉も佐助も、私が寝込まないと、落ち着かないみたいじゃないか。それはないと思うけど」

「もちろん、若だんなが病にならないことが、一番ですとも。でも、ずっと調子が良かった事など、滅多にありませんから」

今、具合が悪くなるか、明日、寝込むのか。兄や達はずっと案じているのだ。何時《いつ》にない平安に、気味悪ささえ感じているのかもしれない。

「大丈夫だったら。そろそろ、体も丈夫になってきてるんだよ、きっと」

すると、小鬼達が袖《そで》の内から顔を出し、若だんなの味方をしてくれる。

「きゅいきゅい。若だんなは今日、寝込まない。小鬼、正直」

嬉しくなっていると、佐助が小鬼へ、一つ問うた。

「鳴家、若だんなは、明日も大丈夫かい？」

「きゅい、きゅべ、大丈夫」

「小鬼、明後日はどうかな？」

今度は仁吉が問う。すると何故だか鳴家達の返事が、聞こえて来なかった。

初出一覧

なぞとき　小説新潮二〇二四年一月号
かたごころ　小説新潮二〇二四年二月号
こいぬくる　小説新潮二〇二四年三月号
長崎屋の怪談　小説新潮二〇二四年四月号
あすへゆく　小説新潮二〇二四年五月号

装画・挿画　柴田ゆう

著者略歴

高知生まれ、名古屋育ち。名古屋造形芸術短期大学ビジュアルデザインコース・イラスト科卒。

2001年『しゃばけ』で第13回日本ファンタジーノベル大賞優秀賞を受賞してデビュー。ほかに『ぬしさまへ』『ねこのばば』『おまけのこ』『うそうそ』『ちんぷんかん』『いっちばん』『ころころろ』『ゆんでめて』『やなりいなり』『ひなこまち』『たぶんねこ』『すえずえ』『なりたい』『おおあたり』『とるとだす』『むすびつき』『てんげんつう』『いちねんかん』『もういちど』『こいごころ』『いつまで』、ビジュアルストーリーブック『みぃつけた』（以上『しゃばけ』シリーズ、新潮社）、『ちょちょら』『けさくしゃ』（新潮社）、『猫君』（集英社）、『あしたの華姫』（KADOKAWA）、『御坊日々』（朝日新聞出版）、『忍びの副業（上）・（下）』（講談社）、『おやごころ』（文藝春秋）、エッセイ集『つくも神さん、お茶ください』（新潮社）などの著作がある。

なぞとき

二〇二四年 七 月二〇日 発 行

著 者 畠中《はたけなか》 恵《めぐみ》

発行者 佐藤隆信

発行所 株式会社新潮社

東京都新宿区矢来町七一
郵便番号一六二―八七一一
電話 編集部（03）三二六六―五四一一
読者係（03）三二六六―五一一一
https://www.shinchosha.co.jp

装 幀 新潮社装幀室

印刷所 大日本印刷株式会社

製本所 大口製本印刷株式会社

ISBN978-4-10-450731-3 C0093

しゃばけ　新装版　畠中恵

大好評「しゃばけ」シリーズ第1弾にして、日本ファンタジーノベル大賞優秀賞受賞作が新装版で登場！　オール描き下ろしイラストでお届けするファン待望の一冊。

ぬしさまへ　畠中恵

身体が弱くて繊細で力もないけれど、どんな事件もたちまち解決！　それは強い味方が憑いているから?!　病弱若だんなと妖怪たちが大活躍の人情味あふれる推理帖。

ねこのばば　畠中恵

あ、あの若だんながグレちゃった?!　ドキドキ、しんみり、ほんわか、ハラハラ。愛嬌たっぷり、愉快で不思議な妖怪人情推理帖。ファン待望の「しゃばけ」シリーズ第三弾！

おまけのこ　畠中恵

鳴家《やなり》が迷子？　そのうえ若だんなが吉原の娘と駆け落ちするって？　そりゃ、大変だっ！――愉快、痛快、不思議な妖怪人情推理帖。大好評「しゃばけ」シリーズ第四弾！

うそうそ　畠中恵

若だんな、旅に出る！　誘拐事件に天狗の襲撃、謎の少女の出現と、箱根でのんびり湯治の予定が思いもよらぬ珍道中に……。「しゃばけ」シリーズ第五弾は久々の長編小説。

ちんぷんかん　畠中恵

若だんなの三途の川縁冒険譚、若き日のおっかさんの恋物語、兄・松之助の縁談にあのキャラが再登場と、本作も面白さ盛りだくさん。ご存じ「しゃばけ」シリーズ第六弾！